四部要籍選刊·集部

文選

七

浙江大學出版社

本册目録（七）

卷三十八

表下

卷三十九

上書

啓

卷四十

彈事

牋

奏記

文選卷第三十五

梁昭明太子撰

文林郎守李右內率府録事叅軍崇賢館直學士臣李善注上

七下

張景陽七命八首

詔

漢武帝詔一首　賢良詔一首

册

潘元茂魏公九錫文一首

七下

七命八首　張景陽

沖漠公子含華隱曜沖漠沖虛恬漠也范曄後漢書孔融曰南山四皓潛光隱耀世嘉其高也嘉遯龍盤翫世高蹈周易曰嘉遯貞吉尚書大傳曰盤龍賁信越其藏鄭玄曰蟠屈也左氏傳齊人歌曰魯人之皐使我高蹈也游心於浩然玩志乎衆妙莊子曰乘物以游心孟子曰我善養吾浩然之氣敢問何謂浩然之氣曰難言也其爲氣也至大至剛以直養而無害則塞于天地之閒老子曰玄之又玄衆妙之門絶景乎大荒之遐阻呑響乎幽山之窮奧山海經曰大荒之中有山名曰大荒之山日月所入是謂大荒之野毛詩曰幽幽南山奧隱處也於是殉華大夫聞而造焉殉營也華浮華乃勑雲軿駱驂飛黃東京賦曰結飛雲之祫輅淮南子曰黃帝治天下於是飛黃服皁越奔沙輾流霜劉劭七華曰超重淵越流沙凌扶搖之風躡堅冰之津莊子曰摶扶搖而上者九萬里

司馬彪曰扶搖上行風也列子曰堅冰立散旌拂霄堮軏出蒼垠許慎淮南子注曰垠堮端崖也天清泠而無霞野曠朗而無塵臨重岫而攬轡顧石室而迴輪仲長子昌言曰聞上古之隱士或伏重岫之內窟窮皐之底列仙傳曰赤松子常止西王母石室中遂適沖漠之所居爾雅曰適之也其居也崢嶸幽藹蕭瑟虛玄廣雅曰崢嶸深冥也說文曰玄幽遠也溟海渾濩涌其後嶰谷嘹嘈張其前十洲記曰東王所居處山外有貟海貟海水色正黑謂之溟海說文曰渾流聲也後衮切又曰濩霤下貌也胡郭切漢書曰取竹之嶰谷音義曰嶰谷崐崘北谷名嘹嘈深空之貌也嶰音解嘹音牢嘈音曹尋竹竦莖蔭其壑百籟群鳴聾茸其山山海經曰大荒之中有岳山尋竹生焉郭璞曰尋竹大竹也莊子曰地籟則衆竅是也聾茸其山謂衆聲既喧山爲之聾茸也蒼頡篇曰聾茸耳不聞也衝飆發而迴日飛礫起而灑天鹽鐵論曰衝風飄鹵沙石凝積

東京賦曰飛礫雨散於是登絶巘遡長風毛萇詩傳曰巘小山別大山者也薛綜西
京賦注曰遡向風也陳辯惑之辭命公子於巖中論語子張曰敢問崇德辨惑
曰蓋聞聖人不卷道而背時智士不遺身而匿迹應瑒
釋賓曰聖人不違時而遯迹賢者不背俗而遺功七啓曰感分遺身楚辭曰聊竄鼠端匿迹也生必耀
華名於玉牒沒則勒洪伐於金冊東觀漢記曰封禪其玉牒文祕說文曰牒
札也陳琳韋端碑曰撰勒洪伐式昭德音金冊已見西京賦今公子違世陸沉避地
獨竄陸沉已見張景陽雜詩孔安國尚書傳曰違避也論語子曰賢者避世其次避地有生之
歡滅資父之義廢漢書曰夫人有生之最靈者也孝經曰資於事父以事君而敬同愁
洽百年苦溢千歲古詩曰人生不滿百常懷千歲憂何異促鱗之游汀
濘短羽之棲翳薈張升與任彦堅書曰今將老弱處于窮澤漸漬汀濘當何聊賴汀吐

冷切說文曰濘絶小水也奴冷切孫子兵法曰林木翳薈也今將榮子以天人之大寶悅子以縱性之至娛周易曰天地之大德曰生聖人之大寶曰位列子楊朱曰從性而游不逆萬物所好七啓曰說游觀之至娛窮地而游中天而居列子曰穆王執化人之袪騰而上者中天乃止傾四海之歡殫九州之腴說文曰歡喜樂也又曰腴腹下肥者西都賓曰華實之毛則九州之上腴焉鑽屈轂之瓠解跣屬之拘子欲之乎言屈轂之瓠難鑽跣屬之拘難解今欲以辯而鑽解之也韓子曰齊有居士田仲者宋人屈轂往見之謂仲曰轂有巨瓠堅如石厚而無竅願效之先生田仲曰堅如石不可剖而斲厚而無竅不可以受水漿吾無用此瓠爲也屈轂曰然其棄物乎曰然今先生雖不恃人之食亦無益人之國矣猶可棄之瓠也田仲若有所失慙而不對山海經曰二負殺窫窳帝乃梏之跣屬之山桎其右足及縛兩手公子曰大夫不遺來萃荒外毛萇詩傳曰萃集也雖在不敏敬聽嘉話孝經曰參

不敏說文曰話會合善言也大夫曰寒山之桐出自太冥楚辭曰北有寒山逴龍赩然北方極陰故曰太冥含黃鍾以吐幹據蒼岑而孤生禮記曰季夏之月中央土律中黃鍾之宮尚書曰嶧陽孤桐孔安國曰孤特生桐中琴也既乃瓊巇嶒崚金岸崥崹瓊巇玉山也魯靈光殿賦曰嶄崚嶒而龍鱗崥崹漸平貌也崥步迷切崹徒奚切左當風谷右臨雲谿上無淩虛之巢下無跖實之蹊淮南子曰鳥排虛而飛獸蹠實而走高誘曰實地也廣雅曰蹠履也跖與蹠同搖刖峻挺茗邈苕嶢搖刖危貌也茗邈高貌也茗莫冷切晞三春之溢露遡九秋之鳴飈毛萇詩傳曰晞乾也班固終南山賦曰三春之季孟夏之初翹悤與遡同已見上文古樂府有歷九秋妾薄相行零雪寫其根霏霜封其條毛萇詩傳曰霏雪貌也霜亦雪類故通言之木既繁而後綠草未素而先彫傅毅七激曰陽春後榮涉秋先彫於是構雲梯

陟崢嶸墨子曰公輸般爲雲梯必取宋長笛賦曰搆雲梯抗浮柱郭璞方言注曰崢嶸高峻也剪蕤賓之陽柯剖大吕之陰莖禮記曰仲夏之月律中蕤賓又曰季冬之月律中大吕蒼頡篇曰剖析也周禮曰仲冬斬陽木仲夏斬陰木鄭玄曰陽木生於山南陰木生於山北也管匠斲其樸伶倫均其聲管匠未詳莊子曰匠石之齊見櫟杜樹觀者如市匠伯不顧司馬彪曰石字伯說文曰斲斫也漢書曰黄帝使伶倫取嶰谷之竹斷兩節間而吹之以爲黄鍾之宫制十二籥以聽鳳皇之音以比黄鍾之宫器舉樂奏促調高張禮記曰金石絲竹樂之器也楊雄解嘲曰絃者高張急徽音朗號鍾韻清繞梁楚辭曰操伯牙之號鍾兮挾秦箏而彈徵尸子曰繞梁之鳴許史鼓之非不樂也墨子以爲傷義故不聽也追逸響於八風采奇律於歸昌風俗通曰聲所以五者繫五行也音所以八者繫八風也淮南子曰律之初生也寫鳳之音韓詩外傳曰鳳舉曰上翔集鳴曰歸昌啓中黄之少宫發蓐收之變商中黄

土色禮斗威儀曰少宮主政宋均曰聲五而已必加少宮少商者以君臣任重爲設副也劉向雅琴賦曰彈少宮之際天援中徵以及泉禮記曰孟秋之月其神蓐收淮南子曰變宮生徵變商生羽若乃龍火西顥暄氣初收漢書曰東宮蒼龍房心心爲火故曰龍火也左氏傳曰仲尼曰火猶西流禮記曰仲秋陽氣日衰飛霜迎節高風送秋桓麟七說曰飛霜厲其末猋風激其崖李尤七歎曰季秋末際高風猋厲羇旅懷土之徒流宕百罹之疇左氏傳陳敬仲曰羇旅之臣論語曰小人懷土謝忱後漢書序曰士庶流宕他州異境毛詩曰我生之後逢此百罹撫促柱則酸鼻揮危絃則涕流舞賦曰若絙瑟促柱高唐賦曰寒心酸鼻廣雅曰揮動也鄭玄論語注曰危高也侯瑾箏賦曰急絃促柱變調改曲陸機前緩歌行曰大客揮高絃意與此同也若乃追清哇赴嚴節張衡舞賦曰含清哇而吟咏蒼頡曰哇謳也嚴節急節也漢書曰隫銅丸以擿鼓聲中嚴鼓之節奏緑水吐白雪淮南子曰手會緑水之趍高誘曰淥水古詩也

宋玉風賦曰爲幽蘭白雪之曲激楚迴流風結上林賦曰激楚結風文穎曰激衝急風也結風迴風亦急風也楚地風氣既自漂疾然歌樂者猶復依激結之急風爲節也悲蓂莢之朝落悼望舒之夕鈌田俅子曰堯爲天子蓂莢生於庭爲帝成曆鄭玄詩箋曰悼傷也楚辭曰前望舒使先驅王逸曰望舒月御也古詩曰四五占兎鈌煢嫠爲之擗摽孀老爲之嗚咽左氏傳初莒有婦人莒子殺其夫已爲嫠婦杜預曰寡婦爲嫠毛詩曰寤擗有摽毛萇曰擗拊心貌淮南子曰童子不孤婦人不孀高誘曰寡婦曰孀王子拂纓而傾耳六馬嘘天而仰秣列仙傳曰王子喬周靈王太子晉也吹笙則鳳鳴禮記曰傾耳而聽之孫卿子曰昔者瓠巴鼓瑟而鱏魚出聽伯牙鼓琴而六馬仰秣黄伯仁龍馬賦曰或有嘘天慷慨骨騰肉飛說文曰嘘吹嘘音虛秣或爲蹀也此蓋音曲之至妙子豈能從我而聽之乎舞賦曰天下之至妙

公子曰余病未能也

大夫曰蘭宮祕宇彫堂綺櫳楚辭曰彷徨兮蘭宮魯靈光殿賦曰乃立靈光之祕殿說文曰櫳房室之疏也雲屛爛汗瓊壁青葱禮記曰疏屛天子廟飾也鄭玄曰屛謂之樹刻之爲雲氣王褒甘泉賦云耀照形之玉壁應門八襲琁臺九重毛詩曰乃立應門郭璞爾雅注曰襲猶重也汲古文曰桀作傾宮飾瑤臺韓子箕子曰紂必爲九重高臺也表以百常之闕圜以萬雉之墉表標也百常高也西京賦曰徑百常而莖擢西都賦曰建金城之萬雉毛萇詩傳曰墉城也爾乃嶢榭迎風秀出中天方言曰嶢高也郭璞爾雅注曰榭臺上起屋也曹子建七啓曰迎清風而立觀國語曰秀出於衆秀出貌也列子曰周穆王築臺號曰中天之臺翠觀岑青彫閣霞連長翼臨雲飛陛凌山鄭玄禮記注曰欒屋翼也魯靈光殿賦曰飛陛揭孽緣雲上征望玉繩而結極承倒景而開軒春秋元命苞曰玉衡北兩星爲玉繩說文曰極棟也陵陽子明經曰倒景氣去地四千里其景皆倒在下

軒長廊之牕也頳素炳煥枌栱嵯峨毛萇詩傳曰頳赤也說文曰棼複屋棟也棼與枌古字通陰虯負檐陽馬承阿虯龍也楚辭曰仰觀刻桷畫龍蛇馬融梁將軍西第賦曰騰極受檐陽馬承阿周書曰明堂咸有四阿錯以瑤英鏤以金華廣雅曰錯厠也方疏含秀圓井吐范子計然曰玉英出藍田劉欣期交州記曰金華出珠崖謂金有華彩也葩魯靈光殿賦曰懸棟結阿天牕綺疏圓淵方井反植荷蕖張載曰疏刻鏤也秀謂華也重殿疊起交綺對幌西京賦曰交綺豁以疏寮文字集略曰幌以帛明牕也幽堂晝密明室夜朗焦螟飛而風生尺蠖動而成響晏子春秋景公問於晏子曰天下有極細乎對曰東海有蟲名曰焦螟巢於蚊睫飛乳去來而蚊不覺周易曰尺蠖之屈以求伸也若乃目厭常玩體倦帷幄列子曰聲色不可常玩聞攜公子而雙游時娛觀於林麓曹大家列女傳注曰竹木曰林山足曰麓登翠阜臨丹谷華草錦

繁飛采星燭陽葉春青陰條秋緑華實代新承意悰歡仰折神虈俯采朝蘭本草經曰白芷一名虈許妖切遡蕙風於衡薄眷椒塗於瑶壇邊讓章華臺賦曰蕙風春施洛神賦曰践椒塗之郁烈步衡薄而流芳漢書曰偏觀此眺瑶堂王逸楚辭注曰壇猶堂也爾乃浮三翼戲中沚越絶書伍子胥水戰兵法内經曰大翼一艘長十丈中翼一艘長九丈六尺小翼一艘長九丈毛詩曰宛在水中沚潛鰓駭驚翰起蘇林漢書注曰鰓音魚鰓今呼魚謂之鰓猶呼車以爲軫也鄭玄詩箋曰翰鳥中豪俊者也沈絲結飛矰理毛詩曰其釣維何維絲伊緡毛萇曰緡綸也鄭玄曰以絲爲之綸周禮曰矰矢用諸弋射鄭玄曰結繳於矢謂之矰也挂歸翮於赤霄之表出華鱗於紫淵之裏歸翮鴻鴈之屬也淮南子曰夫鴻鵠背負蒼天膺摩赤霄上林賦曰紫淵徑其北然後縱棹隨風弭楫乘波杜預左氏傳曰縱放也毛萇詩傳曰弭止也吹孤竹

拊雲和周禮曰孤竹之管雲和之琴瑟鄭玄曰孤竹竹特生者雲和山名淵客唱淮南之曲榜人奏采菱之歌淵客習水者也吴都賦淵客慷慨而泣珠漢書曰淮南鼓員四人子虛賦曰榜人歌張揖曰船長也淮南子曰歌采菱發陽阿也歌曰乘鳧舟兮爲水嬉穆天子傳曰天子乘鳧舟郭璞曰舟爲鳧形制今吴之青雀舫此其遺象也琴道雍門周曰水嬉則舫龍舟臨芳洲兮拔靈芝楚辭曰采芳洲兮杜若西京賦曰擢靈芝之朱柯樂以忘戚游以卒時論語子曰樂以忘憂家語孔子歌曰優哉游哉聊以卒歲窮夜爲日畢歲爲期此盖宴居之浩麗子豈能從我而處之乎毛詩曰或燕燕居息浩猶大也公子曰余病未能也

大夫曰若乃白商素節月既授衣周禮曰西方白禮記曰孟秋之月其音商劉植與臨淄侯書曰肅以素秋則落毛詩曰九月授衣天凝地閉風厲霜飛凝猶結也

禮記曰仲冬之月塗城闕築囹圄助天地之閉藏也柔條夕勁密葉晨稀將因氣以效殺臨金郊而講師禮記曰季冬之月天子乃教於田獵劉向尚書五行說曰金西方萬物既成殺氣之始也故立秋出軍行師西方爲金故曰金郊也國語虢文公曰三時務農一時講武爾乃列輕武整戎剛輕武戎剛四車名也司馬彪續漢書曰輕車古之戰車也不巾不蓋韓子曰管仲之始治也桓公武車元戎已見上文輕武卒名也戎剛車名也東京賦總輕武於後陳奏嚴鼓之嘈囋漢書曰衛青令武剛車環爲營張晏曰兵車也建雲髦啓雄芒雲髦雲旆竿上施旄也上林賦曰連雲旆髦與旄古字通子虛賦曰建干將之雄戟芒鋒刃也漢書賈誼曰解十二牛而芒刃不頓駕紅陽之飛燕驂唐公之驌驦紅陽飛燕未詳或曰駿馬圖有含陽侯驃疑含即紅聲之誤也左氏傳曰唐成公有兩驌驦馬馬融曰驌驦鴈也馬似之屯羽隊於外林縱輕翼於中荒羽隊士負羽而爲隊也羽獵賦曰蒙盾負羽而羅者以萬計翼左右甄也越絕書曰子胥兵分爲兩翼夜火相望爾乃布飛羉或云

飛羅盧端切**張脩罠**爾雅曰彘罟謂之羉羉或作罠音旻夫然羉罠一以為對恐互體廣雅曰罠兎罟也劉逵吳都賦注曰罠麋網也然張氏之意盖同劉說羉或為羅**陵黃岑挂青巒**爾雅曰巒隨山也郭璞曰山嶞山長者荆州謂之巒**畫長谿以為限帶流谿以為關既乃內無蹊蹊外無漏迹**廣雅曰蹊逋也七啓曰下無漏迹上無逸飛**叩鉦數校舉麾旌獲**周禮曰鼓鉦鳴鐲車皆行鄭玄曰鐲鉦也散為陣列而行也漢書曰大校獵如淳曰合軍聚衆有幡校也周禮曰建大麾以田鄭玄曰不在九旗之中周禮曰服不氏射則贊張侯以旌居乏而待獲鄭玄曰待獲射者舉旌以獲**彀金機馳鳴鏑**說文曰彀張弓弩機弩牙也以金為之漢書曰冒頓乃作為鳴鏑音義曰箭鏑也如今鳴箭是也**剪剛豪落勁翮車騎競騖騁武齊轍**說文曰騖亂馳也騁並也毛萇詩傳曰武迹也杜預左氏傳注曰轍車迹也**翕忽揮霍雲迴風烈**孫卿子曰下之和上譬猶響之應聲影之隨形**舉戈林竦揮鋒電滅**東京賦曰

戈矛若林廣雅曰竦立也仰傾雲巢俯殫地穴周禮有穴氏鄭玄曰穴搏蟄獸所藏者也乃有圓文之犴班題之豵毛萇詩傳曰豕一歲曰犴又鄭玄曰豕生三子曰豵然此犴豵指諸獸不專論豕也鼓鬣風生怒目電瞛瞛光也七從切口齩霜刃足撥飛鋒說文曰齩齧骨也胡狡切廣雅曰撥除也補達切鼿林蹶石扣跋幽叢鼿以鼻搖動也五忽切郭璞爾雅注曰蹶動搖之貌也居月切孔安國論語注曰扣擊也毛萇詩傳曰跋躐也扣跋或謂却伏也於是飛黃奮銳賁石逞技史記曰蜚廉以材力事殷紂尸子中黃伯曰余左執太行之獶而右搏雕虎說苑曰勇士孟賁水行不避蛟龍陸行不避虎狼吳越春秋曰夫差使王孫聖占夢聖曰占之不吉王怒使力士石蕃以鐵椎椎殺聖張華博物志曰石蕃衛臣也背負千二百斗沙蹙封狶僨馮豕淮南子曰伍胥曰吳為封狶脩蛇小雅曰封大也方言曰南楚人謂豬為狶爾雅曰僨僵也甫運切僨或為攢非也王逸楚辭注曰馮大也拉甝虪挫獬廌爾雅曰甝

白虎𪋝黑虎張揖漢書注曰獬廌似鹿而一角也勾爪摧鋸牙捭淮南子曰勾爪鋸牙於是擊矣說文曰捭兩手擊也補買切瀾漫狼藉傾榛倒壑說文曰草編狼藉也殞胔挂山僵踣掩澤鄭玄周禮注曰四足死者曰胔爾雅曰僵仆也郭璞爾雅注曰踣前覆也張揖上林賦注曰掩覆也藪爲毛林隰爲丹薄鄭玄周禮注曰澤無水曰藪也廣雅曰草叢生曰薄於是撤圍頓罔卷旆收鳶鄭玄禮儀注曰撤除也頓猶捨也禮記曰前有塵埃則載鳴鳶虞人數獸林衡計鮮周禮有虞人又有林衡孔安國尚書傳曰鳥獸新殺曰鮮論最犒勤息馬韜弦張晏漢書注最功第一也西京賦曰犒勤賞功杜預左氏傳注曰犒勞也又曰韜藏也肴駟連鑣酒駕方軒說文曰鑣馬銜也西京賦曰酒車酌醴方駕授饔千鐘電釂萬燧星繁孔叢子曰堯飲千鐘西京賦曰升觴舉燧既釂鳴鍾說文曰釂飲酒盡也陵阜霑流膏谿谷厭芳煙歡極樂殫迴節

而旋鄭玄周禮注曰節信也行者所執之信也此亦田游之壯觀子豈能從我而爲之乎封禪文曰天下之壯觀公子曰余病未能也

大夫曰楚之陽劒歐冶所營越絶書曰楚王召風胡子而問之曰寡人聞吳有干將越有歐冶子寡人願齎邦之重寶請此二人作爲鐵劒可乎於是風胡子之吳見歐冶干將使之作鐵劒三枚一曰龍淵二曰太阿三曰工市陽劒見下文邪谿之鋌赤山之精越絶書曰越王勾踐有寶劒五聞於天下客有能相劒者名曰薛燭王召而問之對曰當造此劒之時赤堇之山破而出錫若耶之溪涸而出銅許慎淮南子注曰鋌銅鐵璞也徒鼎切精謂其中尤善者銷踰羊頭鍱越鍜成淮南子曰苗山之鋌羊頭之銷雖水斷龍髯陸剸兕甲莫之服帶許慎曰銷生鐵也高誘曰苗山利金所出羊頭之銷白羊子刀也鍱或謂爲鍱廣雅曰鍱鋌也謝承後漢書曰孝章皇帝賜諸尚書劒手自署姓名尚書陳寵濟南鍜成蒼頡書曰鍜椎也乃鍊乃鑠萬辟千灌說文曰煉冶金也賈逵國語注

曰鑠銷也說文曰銷鑠金也辟謂疊之灌謂鑄之典論曰魏太子丕造百辟寶劒長四尺王粲刀銘曰灌辟以數質象以呈**豐隆奮椎飛廉扇炭**越絕書薛燭曰當造此劒之時雨師灑掃雷公擊橐蛟龍捧爐天帝裝炭思玄賦注曰豐隆雷公也王逸楚辭注曰飛廉風伯也**神器化成陽文陰縵**吳越春秋曰干將者吳人造劒二枚一曰干將二曰莫耶莫耶者干將之妻名也干將曰吾師之作冶也金鐵之類不銷夫妻俱入冶爐之中莫耶曰先師親爍身以成物妾何難也於是干將夫妻乃斷髮揃爪投之爐中使童女三百鼓橐裝炭金鐵乃濡遂以成劒陽曰干將而作龜文陰曰莫耶而漫理干將匿其陽出其陰而獻之闔閭闔閭甚重之**流綺星連浮綵豔發**綺光色也越絕書曰王取純鈞薛燭觀其釧爛如列星之行典論曰太子丕劒銘曰流采色似采虹釧齒掾切**光如散電質如耀雪**莊子曰此劒一用如雷霆之震也魏文帝大牆上蒿行曰我帶長寶劒光白如積雪**霜鍔水凝冰刃露潔**典論曰魏太子丕造素質堅而似霜造匕首理似堅冰聲類曰鍔刀刃也字書

曰凝冰之絜也越絶書曰王取純鈞薛燭觀其形冠豪光如水之溢於塘觀其文煥煥如冰之將釋曹名珍巨闕越絶書曰越王取豪曹薛燭曰豪曹非寶劒也夫寶劒五色並見莫能相勝曹巳擅名矣非寶劒也王取巨闕曰非寶劒也夫寶劒者金錫和銅而不離今巨闕巳離矣非寶劒也指鄭則三軍白首麾晉則千里流血越絶書曰楚王作鐵劒三枚晉鄭聞而求之不得典師圍楚之城三年不解於是楚引太阿之劒登城而麾之三軍破敗士卒迷惑流血千里晉鄭之軍頭畢白也豈徒水截蛟鴻陸灑奔駟韓非子曰負長劒赴榛薄折兕豹赴深淵斷蛟龍戰國策曰蘇秦曰韓卒之劒水擊鴻鴈越絶書曰勾踐示薛燭巨闕曰吾坐露壇之宮有駟駕白鹿而過者車奔馬騰吾引劒而指之駟駕上飛揚不知其絶也斷浮翮以爲工絶重甲而稱利云爾而巳哉浮翮鴻鴈也巳見上注史記蘇秦說韓王曰韓卒之劒當敵則斬堅甲若其靈寶則舒辟無方奇鋒異模說文曰舒申也晉灼漢書注曰方常也鄭玄毛詩箋曰模

法也形震薛蜀光駭風胡越絶書爲燭吴越春秋爲蜀蓋一人也價兼三鄉
聲貴二都越絶書勾踐示薛燭純鈎曰客有買之者有市之鄉二駿馬千匹千户之都二可乎薛燭曰雖傾城量金珠玉滿河猶不得此一物况有市之鄉二駿馬千匹千户之都二何足言哉然實二鄉而云三者避下文也或馳名傾秦或夜飛去吴越絶書曰闔廬無道湛盧之劍去之入水行湊楚楚王卧而設湛盧之劒也秦王聞而求之不得興師擊楚曰與我湛盧之劒還師去汝楚王不與
是以功冠萬載威曜無窮揮之者無前擁之者身雄説文曰揮奮也漢書元后詔曰奮無前之威可以從服九國横制八戎過秦曰秦人開關延敵九國之師遯逃而不敢進史記趙良曰五羖大夫相秦施德諸侯而八戎來服爪牙景
附函夏承風毛詩曰祈父予王之爪牙崔琰大將軍夫人寇氏誄曰英雄景附楊雄河東賦曰函夏之大漢家語孔子曰舜之爲君四海承風此蓋希世之神兵子豈能從我

而服之乎魯靈光殿賦曰邈希世而特出公子曰余病未能也大夫曰天驥之駿逸態超越天驥天馬也驥或爲機傳玄乘輿馬賦曰九方不能測其天機列子伯樂曰九方皐之所觀天機也稟氣靈淵受精皎月孔安國尚書傳曰稟受也遯甲開山圖曰隴西神馬山有淵池龍馬所生春秋考異郵曰地生月精爲馬月數十二故馬十二月而生眸矚黑照玄采紺發趙岐孟子注曰眸目瞳子也說文曰矚戴目也音開說文曰紺深青而赤色沫如揮紅汗如振血漢書天馬歌曰霑赤汗染流赭應劭曰大宛馬汗血霑濡也流沫如赭也韓康伯周易注曰揮散也薛君韓詩章句曰振猶奮也秦青不能識其衆尺方堙不能覩其若滅呂氏春秋曰古者善相馬者管青相脣吻秦牙相前皆天下良士也若趙之王良秦之伯樂九方堙尤盡其妙矣相馬經曰夫法千里馬有三十六尺四寸列子伯樂曰天馬者若滅若沒若亡若失若此者絶塵弭轍爾乃巾雲軒踐朝霧鄭玄周禮注曰

巾猶衣也雲軒已見上赴春衢整秋御秋御秋駕也司馬彪莊子注曰秋駕法駕也蚪踊螭騰麟超龍翥甘泉賦曰駟蒼螭兮六素虯劉梁七舉曰天馬之號出自西域纖阿爲右御以術儀攬轡舒節凌雲先螭尸子曰馬有騏驎徑駿南都賦曰馬鹿超而龍駿望山載奔視林戴赴氣盛怒發星飛電駭李尤七嘆曰神奔電驅星流矢鶩鳥則莫若益野驌駒也志淩九州勢越四海景不及形塵不暇起劉廣世七興曰駿駔之馬影不及形塵不暇與也浮箭未移再踐千里浮箭謂漏刻也爾乃踰天垠越地隔過汗漫之所不游躡章亥之所未迹淮南子若士曰吾與汗漫期於九垓之上若士舉臂竦身而遂入雲中又曰禹乃使大章步自東極至於西極二億三萬三千五百里七十步使豎亥步自北極至於南極二億三萬三千五百七十里陽烏爲之頓羽夸父爲之投策春秋元命苞曰陽成於三故日中有三足烏烏者陽精山海經曰夸父與日競走渴

飲河渭河渭不足北飲大澤未至道渴而死弃其杖爲鄧林斯盖天下之雋乘子豈能從我而御之乎公子曰余病未能也

大夫曰大梁之黍瓊山之禾大梁黍未詳瓊山禾即崑崙之山木禾山海經曰崑崙之上有木禾長五尋大五圍唐稷播其根農帝嘗其華尚書帝曰汝后稷播時百穀賈誼曰神農嘗百草之實教人食穀者也爾乃六禽殊珍四膳異肴周禮曰庖人掌共六禽鄭司農注曰鴈鶉鷃雉鳩鴿禮記曰孟春食麥與羊孟夏食菽與鷄孟秋食麻與犬孟冬食黍與彘窮海之錯極陸之毛尚書曰海物惟錯禮記曰加豆陸產也穀梁傳曰凡地之所生謂之毛伊公爨鼎庖子揮刀伊公伊尹也韋昭漢書注曰爨灼也庖庖子庖丁也味重九沸和兼勺藥呂氏春秋伊尹說湯曰凡味之本水最爲始五味三和九沸九變爲火之紀高誘曰紀節也味待火然後成故曰火爲之節也文穎上林賦注曰勺藥五味之和晨鳧

露鵠霜鵽黄雀說苑曰魏文侯嗜晨鳧霜露降鵠鵽美南都賦曰歸鴈鳴鵽楚辭曰煎鰿臛雀王逸曰臛黄雀也圜案星亂方丈華錯鹽鐵論曰垂拱持案食者不知蹠耒躬耕者之勤也墨子曰美食方丈目不能偏視口未能偏味也列女傳曰方丈於前所甘不過一肉也封熊之蹯翰音之跖左氏傳曰晉靈公宰夫胹熊蹯不熟禮記曰雞曰翰音呂氏春秋曰善學者若齊王之食雞也食其跖數千而後足也䴈髀猩脣髦殘象白呂氏春秋伊尹說湯曰肉之美者䴈䴈之髀孫炎爾雅注曰䴈胡圭切說文曰髀股外也裨尓切呂氏春秋伊尹曰肉之美者猩猩之脣髦象之約高誘曰髦髦牛也在西方象象獸也在南方取其遠方物之美也髦象之肉美貴異味也殘白盖煑肉之異名也崔駰博徒論曰䴈臛羊殘炙鴈煑炙鳧靈淵之龜萊黄之鮐七啓曰寒方苓之巢龜鹽鐵論曰江湖之魚萊黄之鮐不可勝也漢書東萊郡有黄縣說文曰鮐海魚也待來切丹穴之鷚玄豹之胎山海經曰丹穴之山有鳥焉其狀如鶴五采名曰鳳說文曰鷚鳥大鴝鶵列女傳陶荅子妻曰

南山有玄豹六韜曰殷君玉杯象箸不盛菽藿之羹必將熊蹯豹胎也熚以秋橙酤以春梅左氏傳晏子曰和如羹焉水火醯醢鹽梅以烹魚肉熚之以薪杜預曰熚炊之也博物志曰橙似橘而非若柚而有芬香劉梁七舉曰酤以醯醢和以窖飴廣雅曰沽溢也酤與沽同也他兼切尚書曰若作和羹爾惟鹽梅接以商王之箸承以帝辛之杯商王帝辛皆謂紂也史記曰帝乙崩子辛立是爲帝辛天下謂之紂六韜曰殷君陳玉杯象箸韓子曰紂爲象箸箕子曰象箸玉杯不盛菽藿者也范公之鱗出自九溪陶朱公養魚經曰威王聘朱公問之曰公家累億金何術乎朱公曰夫爲生之法五水畜第一所謂水畜者魚池也以六畝地爲池池中有九洲即求懷子鯉魚以二月上旬庚日内池中養鯉者鯉不相食易長又貴也頳尾丹鰓紫翼青髻毛詩曰魴魚頳尾丹鰓已見上文上林賦曰揵鬐掉尾振鱗奮翼爾乃命支離飛霜鍔莊子曰朱泙漫學屠龍於支離益殫千金之家三年技成而無所用其巧司馬彪曰朱姓也泙漫名也益人名也泙普彭切霜鍔已

見上文紅肌綺散素膚雪落七啓曰玄熊素膚又曰離若散雪婁子之
豪不能厠其細秋蟬之翼不足擬其薄孟子曰離婁者古明目者也能
視百步之外見秋毫之末楚辭曰蟬翼爲重繁肴既闋亦有寒羞蒼頡篇曰闋訖
也周禮曰朝事之籩鄭司農曰朝事謂清朝未食先進寒具口實之籩也商山之果漢皐之
榛漢書曰四人者秦之世避而入商雒深山已見西都賦漢皐已見南都賦韓詩外傳曰鄭交甫遵彼漢皐
臺下郭璞上林賦注曰榛亦橘之類也音湊或曰榛析龍眼之房剖椰子之殼
劉淵林吴都賦注曰龍眼如荔枝而小味甘又曰椰樹似檳榔實大如瓠裏有汁美如蜜核可作飲器殼即核
也凡物内盛者皆謂之殻苦角切協韻苦豆切芳旨萬選承意代奏鄭玄周禮注曰
選擇也孔安國尚書傳曰奏進也乃有荆南烏程豫北竹葉盛弘之荆州記曰渌
水出豫章康樂縣其間烏程鄉有酒官取水爲酒酒極甘美與湘東酃湖酒年常獻之世稱酃渌酒吴地理志

曰吳興烏程縣酒有名張華輕薄篇曰蒼梧竹葉清宜城九醖酒浮蟻星沸飛華蓱接

南都賦曰醪敷徑寸浮蟻如蓱亐石甞其味儀氏進其法博物志曰亐石從中

山酒家酤酒酒家與之千日之酒戰國策魯君曰昔帝女儀狄作酒而美進之於禹也傾罍一朝

可以流湎千日薛君韓詩章句曰齊顏色均衆寡謂之流閉門不出客謂之湎漢書谷永曰流

湎媟嫚于日巳見上文單醪投川可使三軍告捷黃石公記曰昔良將之用兵也

人有饋一簞之醪投河令衆迎流而飲之夫一簞之醪不味一河而三軍思爲致死者以滋味及之也斯

人神之所歆羡觀聽之所煒曄也毛詩曰帝謂文王無然歆羡說文曰歆神

食氣也方言曰煒盛也郭璞曰曄曄盛貌也子豈能强起而御之乎公子曰

耽口爽之饌甘腊毒之味老子曰五味令人口爽廣雅曰爽傷也國語單襄公謂魯

成公曰高位寔疾顛厚味寔腊毒賈逵曰顛隕也腊久也言味厚者其毒久服腐腸之藥御

亡國之器呂氏春秋曰肥肉厚酒以務相彊命曰爛腸之食亡國之器象箸玉杯已見上文雖子大夫之所榮故亦吾人之所畏余病未能也

大夫曰蓋有晉之融皇風也金華啓徹大人有作杜預左氏傳注曰融朗也晉爲金德故曰金華周易曰利見大人又曰聖人作而萬物覩繼明代照配天光宅周易曰明兩作離大人以繼明照于四方毛詩序曰思文后稷配天也尚書序曰昔在帝堯光宅天下其基德也隆於姬公之處岐姬公文王也國語曰太上基德十五王而始平之孟子曰昔文王之治岐也仕者世祿王處岐已見思玄賦其垂仁也富乎有殷之在亳尚書仲虺曰惟王克寬克仁彰信兆民孔安國曰言湯有寬仁之德尚書曰湯既黜夏命復歸於亳南箕之風不能暢其化離畢之雲無以豐其澤尚書曰星有好風星有好雨春秋緯曰月失其行離於箕者風離於畢者雨皇道煥炳帝載緝熙景福殿賦曰樂我皇道尚書舜曰有能奮庸熙帝之載詩曰維清緝熙文王之

典
導氣以樂宣德以詩呂氏春秋曰陶唐氏之化陰多滯伏陽道壅塞人氣鬱閼筋骨攣縮作舞宣導之國語曰王將鑄無射問律於泠州鳩對曰律所以立均度所以宣布哲人之令德示民軌儀也
教清於雲官之世治穆乎鳥紀之時左氏傳曰郯子來朝公與之宴昭子問焉曰少皞氏鳥名何故也郯子曰昔者黃帝氏以雲紀故爲雲師而雲名我高祖少皞摯之立也鳳鳥適至故以鳥紀爲鳥師而鳥名也
王猷四塞函夏謐寧毛詩曰王猶允塞猶與猷同巳見上文爾雅曰謐寧也
丹冥投烽青徼釋警丹南方朱冥也楚辭曰歷祝融於朱冥王逸曰朱冥之野也青徼東方也呂氏春秋曰禹東至青羌之野南至交阯丹粟范曄後漢書遼東徼外貊人寇右北平張揖漢書注曰徼塞也以木柵水中爲夷狄之界也
却馬於糞車之轅銘德於昆吾之鼎老子曰天下有道却走馬以糞王弼曰天下有道脩於內而已故却走馬以糞田東京賦曰却走馬以糞車墨子曰昔夏開使飛廉採金於山以鑄鼎於昆吾蔡邕銘論曰呂尚作周太師而封齊

其功銘於昆吾之治也**群萌反素時文載郁**素樸素也東京賦曰遵節儉尚素樸論語子曰周監於二代郁郁乎文哉**耕父推畔魚豎讓陸**文子曰黃帝之化天下田者讓畔淮南子曰黃帝化天下漁者不爭坻**樵夫恥危冠之飾輿臺笑短後之服**長揚賦曰士有不談王道者即樵夫笑之韓非子曰解其長劒免其危冠左氏傳曰人有十等阜臣僕僕臣臺莊子魏太子謂莊周曰吾王所見唯劒士短後之服王乃說之也**六合時邕巍巍蕩蕩**呂氏春秋曰神通乎六合尚書曰黎民於變時雍論語子曰大哉堯之爲君蕩蕩乎民無能名焉巍巍乎其有成功也**亥𪘏巷歌黃髮擊壤**埤蒼曰髫髮也髫與𪘏古字通也大聊切列子曰堯理天下乃微服游康衢聞兒童謠曰立我蒸民莫匪爾極不識不知順帝之則毛詩曰黃髮台背爾雅曰黃髮壽也論衡曰堯時天下大和百姓無事有五十之人擊壤於塗也**解羲皇之繩錯陶唐之象**周易曰上古結繩而治尚書大傳曰唐虞之象刑赭衣不純中刑雜屨下刑墨幪幪音蒙也**若**

乃華裔之夷流荒之貊左氏傳孔子曰裔不謀夏夷不亂華尚書曰五百里荒服又曰二百里流孔安國曰要服之外五百里也周書曰四夷九貊孔晁曰貊夷之別也語不傳於輶軒地不被乎正朔風俗通曰秦周常以八月輶軒使採異代方言藏之秘府春秋說題辭曰蠻服流遠正朔不及盛德則感越裳重譯至也莫不駿奔稽顙委質重譯毛詩曰駿奔走在廟俞巴蜀曰稽顙來享禮記曰拜而後稽顙左氏傳狐突曰策名委質貳乃辟也重譯見上文于時昆蚑感惠無思不擾毛詩序曰文王德及鳥獸昆虫焉說文云蚑行也凡生之類行皆蚑也毛詩曰無思不服應劭漢書注曰擾馴也苑戲九尾之禽囿棲三足之烏春秋元命苞曰天命文王以九尾狐白虎通曰禽者何鳥獸之揔名明爲人所禽制也典引曰三足軒翥於茂林蔡邕曰烏反哺之鳥至孝之應也鳴鳳在林夥於黃帝之園禮瑞命記曰黃帝服黃服戴黃冠齋于宮鳳乃蔽日而來止帝園食竹實棲帝梧桐終不去漢書曰楚人謂多爲夥有

龍游淵盈於孔甲之沼左氏傳蔡墨曰有夏孔甲擾于有帝帝賜之乘龍河漢各二各有雌雄也杜預曰孔甲少康之後九世之君也萬物烟熅天地交泰周易曰天地絪緼萬物化醇又曰天地交泰義懷靡內化感無外莊子徧謂周曰吾知道近乎無內遠乎無外林無被褐山無韋帶老子曰聖人被褐懷玉漢書賈山上疏曰夫布衣韋帶之士脩身於內成名於外皆象刻於百工兆發乎靈蔡尚書曰高宗夢得說使百工營求諸野乃審象旁求於天下孔安國曰審所夢之人刻其形象也史記曰呂尚年老矣以漁釣奸周西伯將畋卜之曰所獲霸王之輔於是西伯獵果遇太公論語子曰臧文仲居蔡鄭玄曰蔡謂國君之守龜也搢紳濟濟軒冕藹藹封禪書曰因雜搢紳先生之略術毛萇詩傳曰濟濟多威儀也管子曰先王制軒冕足以著貴賤廣雅曰藹藹盛也功與造化爭流德與二儀比大淮南子曰大丈夫無爲與造化逍遥周易曰易有太極是生兩儀嚴君平老子指歸曰功與造化爭流德與天

地齊光言未終公子蹶然而興莊子曰黃帝問廣成子廣成子蹶然而起司馬彪曰蹶疾起貌曰鄙夫固陋守此狂狷鄙夫已見西征賦司馬遷書曰請略陳固陋論語子曰不得中行而與之必也狂狷乎狂者進取狷者有所不爲也蓋理有毀之而爭寶之訟解莊子曰庚市子肩之毀玉也淮南子莊子后解曰庚市子聖人無慾者也人有爭財相鬭者庚市子毀玉於其閒而鬭者止言有怒之而齊王之疾痊呂氏春秋曰齊閔王病痏往宋迎文摯文摯視王疾謂太子曰王病得怒當愈愈則殺摯如何太子曰臣當與母共請於王必不殺子矣摯往不解屨登牀履衣問王之疾王怒叱而起病即瘳將生烹文摯太子與后請不得遂烹文摯司馬彪莊子注曰痊除也向子誘我以聾耳之樂棲我以蔀家之屋老子曰五音令人耳聾周易曰豐其屋蔀其家覆曖障光之物也既豐其屋又覆其家屋厚家覆闇之甚也田游馳蕩利刃駿足既老氏之攸戒非吾人之所欲故靡得

應子老子曰馳騁田獵令人心發狂至聞皇風載韙時聖道醇杜預左氏傳注曰韙是也于匪切尚書曰政事惟醇孔安國曰醇粹也舉實爲秋摛藻爲春韓詩外傳曰魏文侯之時子質仕而獲罪謂簡主曰吾不復樹樹德簡主曰夫春樹桃李夏以得蔭其下秋得食其實今子樹其非人也答賓戲曰摛藻如春華下有可封之民上有大哉之君尚書大傳曰周人可比屋而封論語子曰大哉堯之爲君惟天爲大惟堯則之民或爲屋余雖不敏請尋後塵論語顏回曰回雖不敏請事斯語應瑗與柏元則書曰敢不策馳敬尋後塵

詔

詔一首　漢武帝

詔曰蓋有非常之功必待非常之人故馬或奔踶而致千里善曰言馬不良或奔或踶御之以道而致千里之塗聲類曰踶蹋也杜計切士或有負

俗之累而立功名晉灼曰被世譏論也善曰越絶書曰有高世之材者必有負俗之累也夫泛駕之馬跅弛之士亦在御之而已應劭曰泛覆也馬有餘氣力乃能敗駕泛方奉切如淳曰弛廢也士行卓異不入俗檢如見斥逐也跅音拓或曰音尺其令州縣察吏民有茂才異等應劭曰舊言秀才避光武諱改稱茂才異等者越等軼羣不與凡同也善曰察觀也察審知然後薦之也可爲將相及使絶國者善曰桓子新論雍門周曰遠赴絶國無相見期

賢良詔一首

漢武帝

朕聞昔在唐虞畫象而民不犯應劭曰二帝但畫衣冠章服而民不敢犯也善曰尚書大傳曰唐虞象刑而民不敢犯墨子曰畫衣冠而民不犯日月所燭罔不率

俾善曰大戴禮孔子曰昔舜出入日月罔不率俾孔安國尚書傳曰無不循化而使也周之成康刑措不用德及鳥獸善曰紀年曰成康之際天下安寧刑措四十年不用毛詩序曰文王受命樂其有靈德以及鳥獸焉尸子曰湯之德及鳥獸矣教通四海海外肅愼晉灼曰東夷傳肅愼今挹婁地是也在夫餘之東北千餘里大海之濱善曰大戴禮孔子曰昔舜西王母來獻其白玉琯云教通于四海海外肅愼挹於甲切北發渠搜氏羌來服晉灼曰北發似國名也應劭曰禹貢析支渠搜屬雍州在金河關之西善曰北發國名也大戴禮北發渠搜氏羌來服鄭玄詩箋曰氏羌夷狄國別在西方也星辰不孛日月不蝕山陵不崩川谷不塞善曰大戴禮曰聖人有國則日月不蝕星辰不孛川澤不竭山不崩解陵不絕矣麟鳳在郊藪河洛出圖書善曰禮記曰聖王所以順故鳳凰騏麟皆在郊藪周易曰河洛出圖書聖人則之嗚呼何施而臻此乎今朕獲奉宗廟夙興以求夜寐以思若涉

淵水未知所濟善曰尚書曰予唯小子若涉淵水予惟往求朕攸濟猗歟偉歟何行而可以彰先帝之洪業休德如淳曰猶詩曰猗歟那歟也猗美也偉大也歟辭也言美而且大上參堯舜下配三王朕之不敏不能遠德此子大夫之所覩聞也善曰國語越王勾踐曰苟聞子大夫之言賈逵曰親而近故曰子大夫也賢良明於古今王事之體受策察問咸以書對著之于篇朕親覽焉

册

說文曰册符命也諸侯進受於王象其禮一長一短中有二編也

册魏公九錫文一首

范曄後漢書曰曹操自爲魏公加九錫韓詩外傳曰諸侯之有德天子錫之一錫車馬再錫衣服三錫虎賁四錫樂器五錫納陛六錫朱戶七錫弓矢八錫鈇鉞九錫秬鬯謂之九錫也

潘元茂文章志曰潘勗字元茂獻帝時爲尚書郎遷東海相未發拜尚書左丞病卒魏錫勗所作

制詔蔡邕獨斷曰制詔者王之言必爲法制也詔猶誥誥也三代無其文秦漢有也使持節丞相領冀州牧武平侯魏志曰建安元年天子假太祖節鉞封武平侯建安九年領冀州牧也朕以不德少遭閔凶越在西土遷于唐衛朕謂獻帝也左氏傳楚子曰不穀不德少主社稷又楚少宰如晉師曰寡君少遭閔凶又厚成叔弔于衛曰聞君不撫社稷而越在佗境尚書曰遏矣西土之人范曄後漢書獻帝紀曰初平元年遷都長安興平二年車駕東歸李傕復追戰王師敗帝渡河幸安邑建安元年六月幸聞喜七月車駕至洛陽漢書河東郡有安邑縣聞喜縣然自聞喜入洛必塗經河内河内本衛國河東本唐堯所封故曰唐衛也當此之時若綴旒然公羊傳曰君若贅旒然何休曰旒旗旒也贅猶綴也以譬者言爲下所執持東西耳宗廟乏祀社稷無

位羣凶覬覦分裂諸夏左氏傳師服曰民服事其上而下無覬覦杜預曰下不冀望上位也說文曰覬幸也覦欲也一人尺土朕無獲焉孟子曰紂之去武丁未久也尺地莫非其有也一民莫非其臣也即我高祖之命將墜於地朕用夙興假寐震悼于厥心論語子貢曰文武之道未墜於地毛詩曰夙興夜寐又曰假寐永歎楚辭曰心震悼而不敢曰惟祖惟父股肱先正其孰恤朕躬尚書曰臣作朕股肱耳目又曰亦惟先正克左右昭事厥辟又曰惟祖惟父其伊恤朕躬鄭玄曰先正先臣爲公卿大夫也乃誘天衷誕育丞相左氏傳甯武與衞人盟曰用昭乞盟于尔大神以誘天衷毛萇詩傳曰誕大也鄭玄曰大矣后稷之生也保乂我皇家弘濟于艱難朕實賴之尚書周公曰天壽平格保乂有殷又曰用敬保元子釗弘濟于艱難左氏傳然明曰鄭國其實賴之今將授君典禮其敬聽朕命昔者董卓初興國難羣后

失位以謀王室君則攝進首啓戎行此君之忠於本朝也魏志曰董卓廢帝爲弘農王而立獻帝將軍袁紹等同時俱赴卓兵彊莫敢先進太祖遂引兵西左氏傳王子朝告于諸侯曰釋位以間王政又曰會于洮謀王室也服虔曰諸侯釋其私政而佐王室後及黃巾反易天常侵我三州延于平民君又討之翦除其迹以寧東夏此又君之功也魏志曰青州黃巾衆有百餘萬入兗州遂轉入東平太祖遂進兵擊黃巾於壽張東破之黃巾至濟北乞降左氏傳太史克曰顓頊氏有不材子以亂天常尚書曰蚩尤惟始作亂延及平民韓暹楊奉專用威命又賴君勳克黜其難魏志曰韓暹楊奉以天子還洛陽奉別屯梁太祖遂至洛陽暹走公征奉奉南奔袁術遂攻其梁屯拔之遂建許都造我京畿設官兆祀不失舊物天地鬼神於是獲乂此又君之功也魏志曰建安元年洛陽殘破太祖都許至

是宗廟社稷制度始立周禮曰設官分職又曰兆五帝於四郊鄭玄曰兆爲壇之營域也左氏傳五員曰少康祀夏配天不失舊物

袁術僭逆肆于淮南懾憚君靈用丕顯謀蘄陽之役橋蕤授首魏志曰袁術字公路欲稱帝於淮南術侵陳公東征之術聞公自來弃軍走留其將橋蕤擊破蕤等斬之左氏傳曰肆於民上杜預曰肆施也蘄縣屬沛在陳之東也

稜威南厲術以殞潰此又君之功也魏志曰術爲太祖所敗欲至青州從袁譚發病道死漢書武帝報李廣曰威稜憺乎鄰國鄭玄論語注曰厲嚴整也左氏傳曰民逃其上曰潰

迴戈東指呂布就戮魏志曰呂布字奉先五原人也爲兗州牧建安三年公東征大破之布乃還固守公遂決泗沂水以灌城禽布殺之長揚賦曰迴戈邪指南越相夷

乘軒將反張揚沮斃眭固伏罪張繡稽服此又君之功也魏志曰張揚字稚叔雲中人董卓以爲建義將軍建安四年公還昌邑張揚將楊醜殺揚以應太祖揚將眭固殺醜將其衆欲北合袁紹太祖遣史渙

邀擊之殺固又曰張繡武威人驃騎將軍濟族子也濟死繡領其衆屯宛太祖南征軍育水繡等舉降左氏傳曰楚王告令尹改乘轅而北之毛萇詩傳曰沮壞也袁紹逆常謀危社稷憑恃其衆稱兵内侮魏志曰袁紹字本初汝南人天子以紹爲太尉會太祖迎天子都許紹擇精卒十萬騎萬匹將攻許也當此之時王師寡弱天下寒心莫有固志寒心已見上文周易曰執用黄牛固志也君執大節精貫白日論語曾子曰臨大節而不可奪戰國策唐雎謂秦王曰聶政之刺韓傀也白虹貫日奮其武怒運諸神策致届官渡大殲醜類魏志建安五年公軍官渡袁紹遣車運穀使淳于瓊送之公擊瓊斬之紹衆大潰紹弃軍走毛詩曰致天之罸届于牧之野鄭玄曰致天所以罸討殛紂也尓雅曰殲盡也醜衆也俾我國家拯於危墜此又君之功也説文曰出溺爲拯也濟師洪河拓定四州青冀幽并也袁譚高幹咸梟其首魏志曰紹出長子譚領青州又

曰建安十年公攻袁譚破之斬譚又曰袁紹以甥高幹領并州牧公征幹幹遂走荆州上洛都尉王琰捕斬之漢書音義曰懸首於木上曰梟海盜奔迸黑山順軌此又君之功也魏志曰公東征海賊管承至淳于遣樂進擊破之承走入海隝又曰黑山賊張燕率其衆降封爲列侯烏丸三種崇亂二世袁尚因之逼據塞北魏志曰三郡烏丸承天下亂破幽州略有漢民袁紹皆立其酋豪爲單于遼西單于蹋頓尤強故尚兄弟歸之數入塞爲害尚書周公曰乃大降罰崇亂有夏孔安國云崇重也束馬懸車一征而滅此又君之功也魏志曰君北征三郡烏丸袁尚袁熙與蹋頓遼西單于樓班右北平單于巨袛等數萬騎逆軍公縱兵擊之虜衆大崩斬蹋頓尚奔遼東遼東太守公孫康即斬尚熙等傳其首管子曰桓公征孤竹之君懸車束馬踰太行至卑耳之山劉表背誕不供貢職王師首路威風先逝百城八郡交臂屈膝此又君之功也魏志曰建安十三年公南征劉表表卒其子

琮降左氏傳楚伯州犂謂鄭行人揮曰子姑憂子晳之欲背誕也管仲曰爾貢苞茅不入王祭不供廣雅曰首向也戰國策張儀曰交臂而事齊楚檄蜀文曰匈奴屈膝請和

馬超成宜同惡相濟濵據河潼求逞所欲殄之渭南獻馘萬計遂定邊城撫和戎狄此又君之功也

魏志曰建安十六年關中諸將馬超韓遂成宜等反超等屯潼關公西征與超等夾關戰公乃分兵結營於渭南賊夜攻營伏兵擊破之斬成宜周書太公曰同惡相助同好相趨思賢賦曰飄飄神舉求逞所欲小雅曰殄盡也毛詩曰在泮獻馘鄭玄曰馘所格者左耳也羽獵賦曰杖鏌鎁而羅者以萬計長楊賦曰永無邊城之災左氏傳晉侯謂魏絳曰子教寡人和諸戎狄

鮮卑丁令重譯而至單于白屋請吏帥職此又君之功也

鮮卑丁令二國名重譯已見上文張茂先博物志曰北方五狄一曰匈奴二曰穢貊三曰密吉四曰單于五曰白屋然白屋今之靺鞨也單于今之契丹也本並以單于爲單于疑字誤也單音必計切劉淵林魏都賦注曰

比羈單于白屋范曄後漢書曰單于謂耿恭曰若降者當封爲白屋王漢書曰邛筰請吏比西南夷也又曰滇王降請吏然請吏請漢爲之置吏也君有定天下之功重以明德左氏傳史趙曰舜重以明德宣德於遠也班叙海内宣美風俗旁施勤教恤慎刑獄尚書曰旁作穆穆弗迷文武勤教又曰欽哉欽哉惟刑之恤哉又曰文王罔逌兼于庶獄庶慎也吏無苛政民不回慝禮記曰孔子過山側有婦哭於墓者而使子貢問之曰昔者吾舅死於虎夫又死焉吾子又死焉夫子曰何不去也曰無苛政左氏傳季文子曰少皞氏有不才子曰靖譖庸回邪服蒐慝杜預曰回慝惡也敦崇帝族援繼絕世舊德前功罔不咸秩尚書曰敦叙九族鄭玄詩箋曰崇厚也論語曰繼絕世周易曰食舊德貞厲終吉尚書曰咸秩無文雖伊尹格于皇天周公光于四海方之蔑如也尚書曰時則有若伊尹格于皇天孝經曰孝悌之至通于神明光于四海法言曰俗稱東方生之盛其遺書蔑如也毛萇詩傳曰蔑

無也朕聞先王並建明德胙之以土分之以民左氏傳曰子魚曰昔武王選建明德以蕃屛周又衆仲曰天子建德因生以賜姓胙之以土而命之氏又子魚曰武王分康叔殷人七族崇其寵章備其禮物所以蕃衛王室左右厥世也鄭玄禮記注曰崇猶尊也禮記曰以爲旗章以別貴賤鄭玄曰章識也尚書曰統承先王修其禮物又曰率由典常以蕃王室又曰予欲左右有民其在周成管蔡不靖尚書曰武王既喪管叔及其群弟乃流言於國又曰西土之人亦不靖懲難念功乃使邵康公錫齊太公履東至于海西至於河南至于穆陵北至于無棣五侯九伯實得征之左氏傳管仲對屈完之辭世胙太師以表東海左氏傳王使劉定公賜齊侯命曰世胙太師以表東海杜預曰表顯也爰及襄王亦有楚人不供王職又命晉文登爲侯伯錫以二輅虎賁鈇鉞秬鬯

弓矢大啓南陽世作盟主左氏傳曰晉侯及楚人戰于城濮楚人敗績王策命晉侯爲侯伯賜之大輅戎輅秬鬯一卣虎賁三百人又曰晉文侯朝王王與之陽樊攢茅之田於是始啓南陽又范宣子曰晉主夏盟杜預曰爲諸夏盟主也故周室之不壞繄二國是賴二國齊晉也左氏傳王使劉定公賜齊侯命曰王室不壞繄伯舅是賴杜預曰繄發聲也今君稱丕顯德明保朕躬奉荅天命導揚引烈尚書曰王曰公明保予冲子稱丕顯德以予小子揚文武烈奉荅天命綏爰九域罔不率俾尚書曰綏爰有衆曰亡戯怠韓詩曰方命厥后奄有九域薛君曰九域九州也尚書注曰海隅日出罔不率俾功高乎伊周而賞卑乎齊晉朕甚恧女六切焉漢書哀帝詔曰惟念德報未殊朕甚恧焉朕以眇身託于兆民之上漢書宣帝詔曰朕以眇身奉承宗祖又曰託於兆民之上也永思厥艱若涉淵水非君攸濟朕無任焉尚書曰肆予冲人永思厥

艱又曰已予惟小子若涉淵水予惟往求朕攸濟今以冀州之河東河內魏郡趙國中山鉅鹿常山安平甘陵平原凡十郡封君爲魏公使使持節御史大夫慮授君印綬册書金虎符第一至第五竹使符第一至第十魏志曰天子使御史大夫郗慮持節策命公爲魏公司馬彪續漢書曰慮字鴻豫山陽人應劭漢官儀曰金銅虎符五竹使符十范曄後漢書杜詩上書曰舊制發兵皆以虎符其餘徵調竹使符錫君玄土苴以白茅爰契爾龜用建冢社尚書緯曰天子社東方青南方赤西方白北方黑上冒以黃土將封諸侯各取方土苴以白茅以爲社毛詩曰爰始爰謀爰契我龜毛萇曰契問也鄭玄曰契灼其龜毛詩曰乃立冢社戎醜攸行毛萇詩傳曰冢土大社也昔在周室畢公毛公入爲卿佐尚書曰乃召畢公毛公孔安國曰畢毛皆國名入爲天子公卿周邵師保出爲二伯尚書曰召公爲保周公爲師鄭玄毛詩箋曰召

伯姬姓也作上公爲二伯外内之任君實宜之其以丞相領冀州牧如故今更下傳璽肅將朕命以允華夏其上故傳武平侯印綬應劭風俗通曰諸侯有傳信乃得舍於傳故既下新傳命上故傳及印綬也尚書曰肅將天威又曰夙夜出納朕命惟允爾雅曰允信也今又加君九錫其敬聽後命左氏傳宰孔曰且有後命以君經緯禮律爲民軌儀家語孔子曰唐叔封於晉以經緯其民王肅曰經緯猶織以成之國語泠州鳩曰爾民軌儀也使安職業無或遷志是用錫君大輅戎輅各一玄牡二駟杜預左氏傳注曰大輅金輅戎輅戎車也君勸分務本嗇民昬作左氏傳臧文仲曰貶食省用務嗇勸分杜預曰勸分有無相濟也漢書詔曰農天下之本也而人或不務本而事末尚書曰惰農自安弗昬作勞粟帛滯積大業惟興是用錫君袞冕之服赤舃副焉韋昭漢書注曰滯積

文也易曰富有之謂大業韋昭漢書注曰衮卷龍衣玄上纁下冕冠也周禮曰王之服屨舄赤舄青絇也君
敦尚謙讓俾民興行杜預左氏傳曰尚上也孝經曰陳之以德義而民興行先之以敬讓
而民不爭少長有禮上下咸和左氏傳晉侯觀師曰少長有禮其可用也孝經子曰
上下無怨尚書曰用咸和萬人是用錫君軒縣之樂六佾之舞周禮曰小
胥掌正樂縣之位諸侯軒縣鄭司農曰軒縣去一面也左氏傳曰公問羽數於衆仲衆仲對曰諸侯用六杜預
曰六六三十六人也君翼宣風化爰發四方尚書曰予欲左右有民汝翼予欲宣力四
方汝爲毛詩曰賦政于外四方爰發遠人回面華夏充實劇秦美新曰海外遐方回面內
向漢書班固昭紀贊曰匈奴和親百姓充實也是用錫君朱户以居服虔漢書注曰朱户
天子之禮也朱户赤户也潘勖集曰制詔魏公朱户納陛就所治作君研其明哲思帝
所難鄭玄周易注曰研喻思慮哲智尚書咎繇曰在知人禹曰咸若時惟帝其難之知人則哲能官人

官才任賢群善必舉尚書伊尹曰任官惟賢才論語子曰舉善而教不能則勸是用錫君納陛以登漢書音義如淳注曰刻殿基以爲陛以有兩旁上下安也孟康曰謂鑿殿基際爲陛不使露也孟說是也尊者不欲露而升陛故内之霤也君秉國之均正色虔毛詩曰秉國之均四方是維尚書王曰正色率下纖毫之惡靡不抑退謝承後漢書曰李咸奏曰春秋之義貶纖介之惡采毫毛之善是用錫君虎賁之士三百人虎賁三百人已見上文君糾虔天刑章厥有罪國語敬姜曰太史司載糾虔天刑韋昭曰糾察也虔敬也刑法也尚書曰降災于夏以章厥罪犯關干紀莫不誅殛左氏傳季孫盟臧氏曰無或如臧孫紇干國之紀犯門斬關孔安國尚書傳曰殛誅也是用錫君鈇鉞各一蒼頡篇曰鈇椹也質也又曰鉞斧也君龍驤虎視旁眺八維鄒陽上書曰蛟龍驤首周易曰虎視耽耽楚辭曰引八維以自導也揜討逆節折衝四海

毛萇詩傳曰揜大也漢書主父偃説上曰今以法割諸侯則逆節萌起晏子春秋孔子曰不出樽俎之閒而折衝千里之外子之謂也是用錫君彤弓一彤矢百玈弓十玈矢千杜預左氏傳注曰彤赤也玈黑也弓一矢百則矢千弓十矢君以溫恭爲基孝友爲德毛詩曰溫溫恭人惟德之基又曰張仲孝友明允篤誠感乎朕思左氏傳曰高陽氏有子明允篤誠是用錫君秬鬯一卣珪瓚副焉孔安國尚書傳曰黑黍曰秬釀以鬯草卣中樽也以圭爲杓謂之圭瓚魏國置丞相以下群卿百僚皆如漢初諸王之制君往欽哉敬服朕命簡恤爾衆時亮庶功用終爾顯德對揚我高祖之休命尚書王曰簡恤爾命用成爾顯德又曰惟時亮天功又曰敢對揚天子休命

文選卷第三十五

賜進士出身通奉大夫江南蘇松常鎮太等處承宣布政使司布政使胡克家重校刊

文選卷第三十六

梁昭明太子撰

文林郎守太子右内率府録事叅軍事崇賢館直學士臣李善注上

令

任彦昇宣德皇后令一首

教

傅季友爲宋公修張良廟教一首

修楚元王墓教一首

文

王元長永明九年策秀才文五首

永明十一年策秀才文五首

任彥昇天監三年策秀才文三首

令

宣德皇后令一首 蕭子顯齊書曰文安王皇后諱寶明琅邪臨沂人也父曄之齊世祖爲文惠太子納后鬱林即位尊爲皇太后稱宣德宮梁王蕭衍定京邑迎后入宫稱制至禪位梁王於荆州立蕭穎冑爲帝進梁王爲相國封十郡爲梁公表讓不受詔斷表宣德皇后勸令受封

任彥昇

宣德皇后敬問具位言梁武故曰具也夫功在不賞故庸勳之典蓋闕言功績既高在乎不賞故庸勳之典蓋闕而不論周書曰平州之臣功大弗賞諂臣日貴史記

蒯通說韓信曰功蓋天下者不賞左氏傳富辰曰庸勳親親暱近尊賢

施倖造物則謝德之途巳寡也

言恩施既隆倖於造物則謝德之途巳寡而不著莊子曰夫造物者爲人司馬彪曰造物謂道也魏志曰劉廙上疏曰物不荅施於天地而子不謝生於父母

要不得不彊爲之名使荃宰有寄

言德顯功高雖無酬謝之理要不彊爲酬謝之名庶使君主之情微有所寄也老子曰吾彊爲之名曰大楚辭曰荃不察余之中情王逸曰荃香草以喻君也鄧析子曰聖人逍遥一世閒宰匠萬物之形晉中興書孝武詔曰誠存匪懈治道有寄

公實天生德齊聖廣淵

班固漢書高祖述曰寔天生德聰明神武尚書曰乃祖成湯齊聖廣淵

不改參辰而九星仰止不易日月而二儀貞觀

陸賈新語曰堯舜不易日月而興桀紂不異星辰而亡天道不改而人道易也周書王曰余不知九星之光周公旦曰九星星辰日月四時歲是謂九星九星九光毛詩小雅曰高山仰止周易曰易有太極是生兩儀王肅曰兩儀天地也又曰天地之道貞觀者也

在昔

晦明隱鱗戢翼周易曰明入地中明夷君子以莅衆用晦而明王弼曰藏明於内乃得明也曹植矯志詩曰仁虎匿爪神龍隱鱗成公綏慰志賦曰惟潛龍之勿用戢鱗翼而匿景博通群籍而讓齒乎一卷之師謝承後漢書曰范丹博通群藝范曄後漢書曰馬續博觀羣籍楊子法言曰一卷之市不勝異價一卷之書不勝異意一卷之市必立之平一卷之書必立之師劒氣凌雲而屈迹於萬夫之下魏志段灼理鄧艾曰艾勇氣凌雲士衆乘勢六韜太公曰屈一人之下伸萬夫之上唯聖人能焉辯析天口而似不能言七略齊田駢好談論故齊人爲語曰天口駢天口者言田駢子不可窮其口若事天論語曰孔子於鄉黨恂恂然似不能言者文擅彫龍而成輒削藁説文曰擅專也七略曰鄒赫子齊人齊人爲之語曰彫龍赫赫言鄒衍之術文飾之若彫鏤龍文漢書曰孔光時有所言輒削草藁如淳曰所作起草爲藁爰在弱冠首應弓旌禮記二十日弱冠漢書制曰褒然爲舉首左氏傳曰陳敬仲曰詩云翹翹車乘招我以弓

孟子曰夫招士以旃大夫以旌客游梁朝則聲華籍甚何之元梁典曰高祖起家齊巴陵王法曹漢書曰梁孝王來朝從游說之士相如見而說之客游梁朝淮南子曰聲華嘔符之樂其性者仁也嘔紆武切符音撫漢書曰陸賈游漢庭公卿間名聲籍甚音義或曰狼籍甚盛也薦名宰府則延譽自高何之元梁典曰高祖遷儀同王儉東閤祭酒王隱晉書曰周玘累薦名宰府國語曰使張老延君譽於四方隆昌季年勤王始著蕭子顯齊書曰欝林王即位改元曰隆昌韋昭國語注曰季末也左氏傳曰狐偃曰求諸侯莫如勤王建武惟新締構斯在蕭子顯齊書曰明帝即位改元曰建武毛詩曰周雖舊邦其命惟新魏都賦曰有魏開國之日締構之初功隆賞薄嘉庸莫疇陸機高祖功臣頌曰帝疇爾庸後嗣是膺一馬之田介山之志愈厲言止有一馬之田以懷讓祿之志纔居六百之秩以秉推功之誠管子曰卜者卜凶吉利害也民之能此者皆一馬之田一金之衣左氏傳曰晉侯賞從士者介之推不言祿祿亦不及

史記曰文公環緜上山中而封子推號曰介山廣雅曰厲高也**六百之秩大樹之號斯存**漢書曰琅邪邴曼容養志以自脩爲官不肯過六百石輙自免去范曄後漢書曰馮異每止舍諸將並坐論功異常獨屏樹下軍中號曰大樹將軍**及擁旄司部代馬不敢南牧**何之元梁典曰司州刺史蕭誕被殺高祖監司州班固涿邪山祝文曰杖節擁旄鉦人伐鼓沈約宋書曰明帝於南豫州之義陽郡立司州韓詩外傳曰代馬依北風過秦論曰胡人不敢南下而牧馬**推轂樊鄧胡塵罕甞夕起**何之元梁典曰虜主拓跋宏既退高祖據樊城漢書馮唐曰臣聞上古王者遣將也跪而推轂曰閫以內寡人制之閫以外將軍制之鄒陽上書曰今胡數涉河北上覆飛鳥蘇林曰言胡來人馬之盛揚塵上覆飛鳥**惟彼狡僮窮凶極虐**何之元梁典曰東昏即位媟近羣小誅高祖兄懿弟暢尚書大傳微子歌曰彼狡僮兮不我好兮鄭玄曰狡僮謂紂**衣冠泯絶禮樂崩喪**袁子曰古者命士已上皆有冠冕謂之冠族之家劇秦美新曰弛禮崩樂塗民耳目**旣而**

鞠旅誓衆言謀王室何之元梁典曰高祖密與呂僧珍謀爲内伐毛詩曰陳師鞠旅毛萇曰鞠告也尚書曰王明誓衆士左氏傳曰公會齊侯于洮謀王室也白羽一麾黄鳥底定呂氏春秋曰武王至郲係墮武王左釋白羽右釋黄鉞免而自爲係出師頌曰素旄一揮鬻子曰武王率兵車以伐紂紂虎旅百萬陣于商郊起自黄鳥至于赤斧三軍之士靡不失色武王乃命太公把旄以麾之紂軍反走尚書曰震澤底定甲旣鱗下車亦瓦裂尚書大傳曰武王伐紂戰于牧野紂之卒輜分紂之車瓦裂紂之甲如鱗下賀于武王致天之届拱揖群后毛詩曰致天之届于牧之野典引曰欽若上下拱揖羣后豐功厚利無得而稱王命論曰帝王之祚必有豐功厚利積累之業論語孔子曰太伯三以天下讓人無德而稱焉是以祥光揔至休氣四塞尚書中候曰帝堯文明禁光出河休氣四塞鄭玄曰休美也四塞炫燿四方也五老游河飛星入昴論語比考讖仲尼曰吾聞帝堯率舜等升首山觀河渚乃有五老游渚五老曰河圖將浮

龍銜玉苞刻版題命可卷金泥玉檢封書成知我者重瞳黄姚視五老飛爲流星上入昴注曰入昴宿則復爲星

元功茂勳若斯之盛 馮衍集曰定國家之大業成天地之元功劉琨勸進表曰茂勳格乎皇天

而地狹乎四履勢卑乎九伯 左氏傳管仲曰昔召康公命我先君太公曰五侯九伯汝實征之賜我先君履東至于海西至于河南至于穆陵北至于無棣杜預曰履履踐履也

帝有恧焉輶軒萃止 帝寶融也輶軒萃止謂進封梁公之使也漢書哀帝詔曰惟念德報未殊朕甚恧焉楊雄荅劉歆書曰常聞先代輶軒之使毛詩曰有鴞萃止

今遣某位某甲等率兹百辟人致其誠 致誠謂請無讓也毛詩曰百辟其刑之長笛賦曰致誠効志

庶匪席之旨不遠而復 梁王固讓同乎匪席之旨百辟固請庶王有不遠而復之義也毛詩曰我心匪席不可卷也周易曰不遠復無祇悔

教 蔡邕獨斷曰諸侯言曰教

爲宋公修張良廟教一首　裴子野宋略曰義熙十三年高祖北伐大軍次留城令修張良廟

傅季友　沈約宋書曰傅亮字季友北地人也博涉文史尤善文辭初爲建威參軍稍遷至散騎常侍後太祖收亮付廷尉伏誅

綱紀　綱紀謂主簿也教主簿宣之故曰綱紀猶今詔書稱門下也虞預晉書東平主簿王豹白事齊王曰況豹雖陋故大州之綱紀也　夫盛德不泯義存祀典　左氏傳晉侯問於史趙曰陳其遂亡乎對曰未也臣聞盛德必百世祀虞之世數未也禮記曰非此族也不在祀典也毛萇詩傳曰泯滅也　微管之歎撫事彌深　論語子曰管仲相桓公霸諸侯一匡天下民到于今受其賜微管仲吾其被髮左衽矣　張子房道亞黃中照鄰殆庶　周易曰君子黃中通理正位居體又曰顏氏之子其殆庶幾乎　風雲玄感蔚爲帝師　周易曰雲從龍風從虎聖人作而萬

物覩漢書曰張良從容步游下邳圯上有一老父出一
編書曰讀是則爲王者師又良曰以三寸舌爲王者師
河圖曰黃石公謂張
良讀此爲劉帝師也
夷項定漢大拯橫流
廣雅曰夷滅
也漢書王追
羽至陽夏諸侯不會用良計諸侯皆會圍羽垓下羽敗
自到說文曰出溺爲拯孟子曰洪水橫流氾濫於天下
固已參軌伊望冠德如仁
廣雅曰軌迹也伊伊尹望呂望也
典引曰以冠德卓絕者莫崇
乎陶唐論語子曰桓公九合諸侯不
以兵車管仲之力也如其仁如其仁
若乃交神圯上道契商洛
荅賔戲曰齊甯激聲於康衢漢良受書於邳圯
皆俟命而神交匪詞言之所信圯上已見謝宣
遠張子房詩注袁宏三國名臣賛序曰體分冥固道契
不墜班固漢書賛曰漢興園公綺季夏黃公角里先生
當秦之世避而入商洛深山以待天下之定也漢
書曰上竟不易太子者良本召此四人之力也
顯默之際窅然難究淵流浩瀁莫測其端矣
言其度量深大
不可測度也孫
綽桓玄城碑曰俯仰顯默之際優游可否之間莊子老
聃曰而知夫道窅然難言哉吳都賦曰澒溶沆瀁莫測

其深莫究其廣黃石公說序曰張良慮若源泉深不可測也

塗次舊沛佇駕留城漢書沛郡有留縣又曰張良爲留侯爾雅曰佇久也謂停久也

靈廟荒頓遺像陳昧范曄後漢書曰薛苞與弟子分田廬取其荒頓者杜預左氏傳注曰頓壞也夏侯湛東方朔畫贊序曰徘徊露寢見先生之遺像廣雅曰昧闇也

撫事懷人永歎寔深毛詩曰嗟我懷人又曰寤寐永歎

過大梁者或佇想於夷門游九京者亦流連於隨會史記魏有隱士曰侯嬴年七十家貧爲大梁夷門監者太史公過大梁之墟求問其所謂夷門者夷門城之東門禮記曰趙文子與叔譽觀乎九京文子曰死者如可作也吾誰與歸叔譽曰其陽處父乎文子曰利君不忘其身謀身不忘其友我則隨武子乎鄭玄曰武子士會也食邑於隨京當爲原

擬之若人亦足以云論語子曰君子哉若人毛萇詩傳曰云言也

可攺構棟宇脩飾丹青蘋蘩行潦以時致薦左氏傳君子曰蘋蘩蘊藻之菜潢汙行潦之水可薦於鬼神

抒懷

古之情存不刊之烈廣雅曰抒渫也西京賦曰慨長思而懷古左氏傳序曰經者不刊之書也主者施行

爲宋公修楚元王墓教一首宋公楚元王後故修治其墓

傅季友

綱紀夫褒賢崇德千載彌光禮緯曰天子辟雍所以崇有德褒有行鄭玄禮記注曰崇尊也尊本敬始義隆自遠魏志明帝詔曰追本敬始所以篤教流化孫卿子曰先祖者類之本也貴始德之本也楚元王積仁基德啓藩斯境漢書曰楚元王交字游高祖同父異母少弟也漢立交爲楚王王彭城賈子曰君子積於仁而民積於財刑罰廢矣國語太子晉曰太上基德十五王而始平之素風道業作範後昆三國名臣贊曰素風愈鮮習鑿齒襄陽耆舊記龐統曰方欲興長道業郗正釋識曰創制作範匪時不立尚書曰垂裕後昆本支之

祚實隆鄗宗毛詩曰本支百世楊脩牋曰述鄗宗之過言遺芳餘烈奮乎百世抱朴子曰嵇君道云郭有道沒則遺芳永播春秋元命苞曰文王積善所聞之餘烈孟子曰聞伯夷之風者貪夫廉懦夫有立志奮乎百世之下莫不興起也而丘封翳然墳塋莫翦晉中興書武陵王令曰丞相墳塋翳然飄薄非所感遠存往慨然永懷李陵書曰能不慨然毛詩曰維以不永懷夫愛人懷樹甘棠且猶勿翦毛詩曰蔽芾甘棠勿翦勿伐召伯所茇風俗通曰召公出爲二伯止甘棠樹之下聽訟決獄後人思其德美愛其樹而不敢伐追甄墟墓信陵尚或不泯鄭玄尚書緯注曰甄表也禮記周豐曰墟墓之間未施哀於民而民哀漢書高紀詔曰秦始皇守冢三十家魏公子無忌五家況瓜瓞所興開元自本者乎毛詩曰緜緜瓜瓞可蠲復近墓五家長給灑掃便可施行郭璞方言注曰蠲除也

文

永明九年策秀才文五首

王元長 蕭子顯齊書曰王融字元長琅邪人少而神明警惠博涉有文才晉安王版行軍參軍遷中書郎世祖疾融欲立竟陵王子良下廷尉於獄賜死

問秀才高第明經朕聞神靈文思之君聰明聖德之后史記曰黃帝者生而神靈弱而能言尚書序曰昔在帝堯聰明文思孔安國曰言聖德之遠著也體道而不居見善如不及文子曰聖人體道反至動而無爲老子曰聖人功成而弗居論語孔子曰見善如不及見不善如探湯是以崆峒有順風之請華封致乘雲之拜莊子曰黃帝聞廣成子在崆峒之山故往見之廣成南首而臥黃帝順下風膝行而進再拜稽首而問曰治身奈何而可以長久廣成子曰來吾語汝至道又曰堯觀乎華封華封人曰嘻請祝聖人壽且富且

多男子堯皆辭曰多男子則多懼富則多事壽則多辱
封人曰天之生人必授之職多男子而授之職則何懼之
有富而使人分之則何事之有天下有道則與物皆昌
天下無道則修德就閒千歲厭世去而上僊乘彼白雲
至于帝鄉三患莫至身常無殃則何辱之有封人去之
堯隨之請問封人曰退然崆峒有拜乘雲爲請今不同
者蓋請者必拜故互文也**或揚旌求士或設簴待賢**求士待賢皆謂請其言也管子
曰舜有告善之旌應劭漢書注曰旌幡也設之五達之
道鬻子曰昔大禹治天下以五聲聽治爲銘於筍簴曰
教寡人以道者擊鼓教寡人以義者擊鍾教寡人以事
者振鐸語寡人以憂者擊磬語寡人以獄者揮鞀
用能敷化一時餘烈千古謝承後漢書序曰陰修敷化二都威教克平餘烈巳見上
文**朕寅奉天命恭惟永圖**爾雅曰寅敬也尚書曰茲率厥典奉若天命又曰慎乃儉
德惟懷永圖**審聽高居載懷祗懼**六韜曰王者之道如龍之首高居而遠望徐視而審
聽尚書曰予小子夙夜祗懼**雖言事必史而象闕未箴**禮記曰動則左史書之言

則右史書之鄭玄周禮注曰象魏闕也范曄後漢書曰靈帝熹平中有何人書朱雀闕言公卿皆尸祿無有忠言者

寤寐嘉猷延佇忠實毛詩曰窈窕淑女寤寐求之尚書爾有嘉謀嘉猷楚辭曰結幽蘭而延佇

子大夫選名昇學利用賓王國語曰越王勾踐曰苟聞子大夫之言賈逵曰親而近之故曰子大夫也禮記曰司徒論選士之秀者升之於學曰俊士鄭玄曰學大學也周易曰觀國之光利用賓于王

懋陳三道之要以光四科之首漢書詔策晁錯曰大夫之行當此三道張晏曰國體人事直言也崔寔政論曰詔書故事三公辟召以四科取士一曰德行高妙志節清白二曰學通行修經中博士三曰明曉法令足以決疑能按章覆問四曰剛毅多略遭事不惑才任三輔劇縣令

鹽梅之和屬有望焉尚書曰若作和羮尒惟鹽梅

又問昔周宣惰千畝之禮虢公納諫國語曰宣王即位不藉千畝虢文公諫曰夫民之大事在農

漢文缺三推之義賈生置言禮記曰躬耕帝籍天子三

推漢書曰文帝即位賈誼説上曰一夫不耕或受之飢一女不織或受之寒上感誼言始開籍田躬耕以勸百姓良以食爲民天農爲政本漢書酈食其説漢王曰臣聞王者以民爲天民以食爲天尚書八政一曰食孔安國曰勸農業也漢書文帝詔曰農天下大本也民所恃以生也金湯非粟而不守水旱有待而無遷漢書蒯通説武信君曰皆爲金城湯池不可攻也氾勝之書曰神農之教雖有石城湯池帶甲百萬而無粟者弗能守也禮記曰雖有凶旱水溢民無菜色朕式照前經寶茲稼穡范子計然曰五穀者萬民之命國之重寶也祥正而青旗肅事土膏而朱紘戒典祥正土膏並已見東京賦禮記曰孟春之月天子駕蒼龍載青旗躬耕帝籍又曰昔天子爲籍田千畝冕而朱紘躬耕秉耒鄭玄周禮注曰朱紘以朱組爲紘一條屬兩端也將使杏花菖葉耕穫不愆氾勝之書曰杏始華榮輙耕輕土弱土望杏花落復耕之輙藺之此謂一耕而五穫呂氏春秋曰冬至五旬七日菖始生菖者草之先者也於是始耕高誘曰菖菖

蒲水草也清畎泠風述遵無廢呂氏春秋后稷曰凡耕之道畝欲廣以平畎欲小以清又
曰正其行通其風夬必中央師爲泠風高誘曰泠風和風所以成穀也夬決也必於苗中央師師然肅泠風以搖長
也而釋耒佩牛相訟莫反鹽鐵論曰儒者釋耒耜而學不驗之語漢書曰龔遂爲渤
海太守民有帶持刀劒者使賣劒買牛賣刀買犢何爲帶牛佩犢杜預左氏傳注曰訟緣也兼貧擅
富浸以爲俗漢書曰兼并之塗李竒曰謂大家兼役小人富者兼役貧民說文曰擅專也風俗通曰
子不以從令爲孝後主固宜是草浸以爲俗豈不謬哉若爰井開制懼驚擾愚民
漢書曰民爰上田夫百畝中田夫二百畝下田夫三百畝歲耕種者爲不易上田休一歲者爲一易中田休二
歲者爲再易下田休三歲更耕之自爰其處賈逵國語注曰爰易也周禮曰畝百爲夫夫三爲屋屋三爲井也
舄鹵可腴恐時無史白史記曰史起引漳水溉田鄴民歌之曰決漳水兮灌鄴旁終古舄
鹵兮生稻粱又曰秦中大夫白公復爲秦穿涇水注渭溉田四千餘頃因曰白渠也興廢之術矢

陳厥謀尚書序曰咎繇矢厥謨孔安國曰矢陳也又問議獄緩死大易深規周易曰君子以議獄緩死敬法卹刑虞書茂典尚書虞書曰欽哉欽哉惟刑之卹哉自萌俗澆弛法令滋彰莊子曰唐虞始爲天下澆淳散朴許慎淮南子注曰澆薄也澆與澆同老子曰法令滋章盜賊多有也肺石少不寃之人棘林多夜哭之鬼周禮曰肺石達窮民鄭司農曰肺石赤石也窮民天民之窮而無告者漢書于定國爲廷尉民自以爲不寃周禮曰外朝之法左九棘孤卿大夫位焉右九棘公侯伯子男位焉楚辭曰荆棘聚而成林春秋元命苞曰樹棘槐聽訟於其下尚書旋璣鈐曰鬼哭山鳴鄭玄曰鬼哭誅無辜也山鳴聽不聰之異也王隱晉書司直劉隗奏曰懷情抱恨雖没不亡故有殞霜之應夜哭之鬼朕所以明發動容昃食興慮毛詩曰明發不寐尚書曰文王自朝至于日中昃不遑暇食傷秋荼之密網惻夏日之嚴威鹽鐵論曰秦法繁於秋荼網密於凝脂左

氏傳酆舒問於賈季曰趙衰趙盾孰賢對曰趙衰冬日之日也趙盾夏日之日也杜預曰夏日可畏冬日可愛

永念畫冠緬追刑厝墨子曰畫衣冠異章服謂之戮上世用戮而民不犯賈逵國語注曰緬思貌也紀年曰成康之際天下安寧刑措四十餘年不用

徒以百鍰輕科反行季葉尚書呂刑曰穆王訓夏贖刑墨辟疑赦其罰百鍰孔安國曰六兩曰鍰鍰黃鐵也張孟陽七哀詩曰季葉喪亂起

四支重罰爰創前古呂氏春秋曰越王勾踐曰孤雖首足異處四支布裂周禮曰司刑掌五刑之法以麗萬民之罪墨罪五百劓罪五百宮罪五百刖罪五百殺罪五百

訪游禽於絶澗作霸秦基韓子曰董閼于爲趙上地守行石邑山中深澗峭如牆深百仞因問其左右人曰嘗有人入此者乎對曰無有嬰兒盲聾狂勃有入此者乎對曰無有牛馬犬彘嘗有入此者乎對曰無有董閼于喟然太息曰吾能治矣使吾法無赦也猶入澗之必死則民莫敢犯何爲不治鄭玄周禮注曰凡鳥獸未孕曰禽史記曰趙氏之先與秦共祖然則以其共祖故雖趙亦號曰秦

歌鷄鳴於闕下稱

仁漢牘班固歌詩曰三王德彌薄惟後用肉刑太倉令有罪就逮長安城自恨身無子困急獨煢煢小女痛父言死者不復生上書詣北闕闕下歌雞鳴憂心摧折裂晨風激揚聲聖漢孝文帝惻然感至誠百男何憤憒不如一緹縈列女傳曰緹縈歌雞鳴晨風之詩然雞鳴齊詩冀夫人及君早起而視朝晨風秦詩言未見君而心憂也二途如爽即用兼通輕重二途似如差爽就其用也彼此兼通言俱濟時昌言所安朕將親覽尚書曰禹拜昌言孔安國曰昌當也漢書問董仲舒曰靡有所隱朕將親覽焉又問聚人曰財次政曰貨周易曰何以守位曰仁何以聚人曰財尚書曰八政一曰食二曰貨泉流表其不匱貿遷通其有亡漢書曰貨流於泉布於布如淳曰流行如泉也尚書帝曰貿遷有無化居旣龜貝積寢緡繈專用漢書曰王莽居攝更作金銀龜貝錢布之品寢猶息也漢書曰武帝初筭緡錢李斐曰緡絲以貫錢也管子曰凶歲糴釜千繈孟康漢書注曰繈錢貫也世代滋多銷瀉參倍言錢之銷磨缺漏或復三分或至一

倍也下貧無兼辰之業中產闕洊歲之貲周書夏箴曰小人無兼年之食妻子非其妻子也班固漢史文帝贊曰上嘗欲作露臺召匠計之直百金曰百金中民十家產也左氏傳晉洊飢字書曰洊仍也惟瘼卹隱無捨矜嘆毛萇詩傳曰瘼病也國語祭公謀父曰勤恤人隱而除其害也上帝溥臨賜朕休寶漢書曰上帝溥臨不異下防命卭斜之谷開而出銅齊春秋曰永明八年蜀郡太守劉悛啓上曰南廣郡界蒙山有銅坑掘則得銅其利無極上從之且有後命事茲鎔範左氏傳曰王使宰孔賜齊侯胙將拜孔曰且有後命也無下拜漢書曰釋其耒耨冶鎔炊炭應劭曰鎔錢模也禮記孔子曰然後範金合土鄭玄曰範鑄作模器用也充都內之金紹圓府之職桓子新論曰漢宣已來百姓賦錢壹歲餘二十萬藏於都內漢書曰太公爲周立九府圓法李奇曰圓即錢也將繼太公之職事也但赤側深巧學之患揄莢難輕重之權言今欲爲錢若赤側則奸巧學鑄深爲可患揄莢則輕重兼用

難可準平漢書曰民多姦錢而公卿請令京師鑄官赤側一當五如淳曰以赤銅爲其郭也漢書曰漢興以爲秦錢重難用更令民鑄榆莢錢如淳曰如榆莢也國語曰周景王將鑄大錢單穆公曰不可古者量資幣權輕重以救民民患輕則爲之作重幣以行之於是有母權子而行民皆得焉若不堪重則多作輕幣而行之亦不廢重於是乎有子權母而行韋昭曰重謂母輕謂子權平也若物直千二而母當一千則子二百平之也應劭曰權其輕重也**開塞所宜悉心以對**淮南子曰通乎動靜之機明乎開塞之節開塞猶取捨也尹文子曰書開塞之宜得周通之路詩緯曰君子息心研慮推變見事

又問治歷明時紹遷革之運周易曰君子以治歷明時毛詩曰去殷之惡就周之德周易曰湯武革命**改憲勅法審刑德之原**司馬彪續漢書永平詔曰春秋保乾圖云三百年升歷改憲史官田太初鄧公平術有餘分一在三百年之域行度轉差浸以繆錯旋璣不正文象不稽冬至之日日在斗二十二度而歷以爲牽牛中星先立春一日則四分數之立春也而以折獄斷大刑於氣

巳迄用望平和隨時之義蓋亦遠矣今改四分以導於
堯以順孔聖奉天之文宋均保乾圖注曰三陽而陽備
備則宜改憲憲法也周易曰雷電噬嗑先王
以明罰勑法淮南子曰冬至爲德夏至爲刑**分命顯於**
唐官文條炳於鄒說尚書曰分命羲仲宅嵎夷曰暘谷又曰分命和仲宅西曰昧谷鄒說未詳
及嵎夷廢職昧谷虧方言司歷之官廢也嵎夷昧谷已見上文**漢秉素**
祇之徵魏稱黃星之驗言五德之次亡也漢書曰高祖夜徑澤中前有大蛇當路高祖
乃前拔劍斬蛇後人來至蛇所有一老嫗夜哭人問嫗
何哭嫗曰吾子白帝子也化爲蛇當道今者赤帝子斬
之魏志曰初桓帝時有黃星見於楚宋之分遼東殷馗
善天文言後五十歲當有真人起於梁沛之閒其鋒不
可當至是凡五十年而太祖破袁紹天下莫敵**紛爭空軫疑論無歸**方言曰軫謂相
乖戾也**朕獲纂洪基思引至道**班固高紀述曰纂堯之緒爾雅曰纂繼也曹植魏德
頌曰武創洪基克光厥德尚書序曰恢引至道**庶令日月休徵風雨玉燭**尚書曰

曰休徵日月之行則有冬有夏爾雅曰春爲青陽夏爲朱明秋爲白藏冬爲玄英四氣和謂之玉燭克明之旨弗遠欽若之義復還尚書曰克明俊德又曰欽若昊天於子大夫何如哉其驪翰改色寅丑殊建別白書之禮記曰夏后氏尚黑戎事乘驪鄭玄曰以建寅之月爲正物生色黑黑馬曰驪禮記曰殷人尚白戎事乘翰鄭玄曰以建丑之月爲正月物生色白翰白色馬也漢書董仲舒對策曰臣前所上對辭不別白指不分明

永明十一年策秀才文五首

王元長

問秀才朕秉籙御天握樞臨極尚書旋璣鈐曰河圖命紀也圖天地帝王終始存亡之期錄代之矩籙與錄同也周易曰時乘六龍以御天易通卦驗曰遂皇氏始出握機矩鄭玄曰遂皇遂人也但持斗機運轉之法春秋運斗樞曰北斗七星第一星天樞論語素王受命讖曰王者受命布政易俗以

御八極五辰空撫九序未歌尚書咎繇曰撫于五辰庶績其凝孔安國曰百官皆撫順
五行之時衆功皆成也又曰德惟善政政在養民水火金木土穀惟修正德利用厚生惟和九功惟序九序惟
歌至於思政明臺訪道宣室管子曰黃帝立明臺之義上觀於賢也漢書曰文帝
思賈誼徵之至入見上方受釐坐宣室上因感鬼神事而問鬼神之本蘇林曰宣室未央前正室也若墜
之惻每勤如傷之念恒軫尚書曰民墜塗炭孔安國曰若陷泥墜火左氏傳逢滑曰
國之興也視人如傷許愼淮南子注曰軫轉也故卹貧緩賦省繇愼獄應劭曰繇者役
也幸四境無虞三秋式稔尚書曰四方無虞予一人以寧秋有三月故曰三秋元命
苞曰陽氣數成於三故時別三月宋衷曰四時皆象此類不惟秋也廣雅曰年稔秋穀熟也而多黍多
稌不興兩穗之謡毛詩曰豐年多黍多稌東觀漢記曰張堪字君游爲漁陽太守勸民耕種
以致殷富有百姓歌曰桑無附枝麥穗兩歧張君爲政樂不可支無褐無衣必盈七月

之歎毛詩曰七月流火九月授衣無褐無衣何以卒歲豈布政未優將罷民難業毛詩曰敷政優優百祿是遒周禮曰以圜土教罷民登爾於朝是屬宏議漢書詔策鼂錯曰登大夫于朝親諭朕志難蜀文曰必將崇論宏義罔弗同心以匡厥辟尚書曰罔不同心以匡乃辟

又問惟王建國惟典命官周禮曰惟王建國辨方正位尚書堯典曰乃命羲和上叶星象下符川嶽春秋漢含孳曰故三公象五岳九卿法河海三公在天法三台九卿法北斗必待天爵具脩人紀咸事孟子曰仁義忠信樂善不倦此天爵也公卿大夫此人爵也古之人脩其天爵而人爵從之漢書詔策公孫引曰天文地理人事之紀也子大夫習焉公孫引對曰天地無私親順之利起逆之害生此天文地理人事之紀也然後沿才受職揆務分司爾雅曰揆度也是以五正置於朱宣下民不忒左氏傳郯子謂昭子曰少

皞摯之立鳳鳥適至故紀於鳥鳥師而鳥名五雉爲五工正河圖曰大星如虹下流華渚女節意感生白帝朱宣宋均曰朱宣少昊氏鄭玄孝經注曰忒差也九工開於黄亭庶績其凝漢書劉向上疏曰舜命九官濟濟相讓和之至也應劭尚書禹作司空棄作后稷契作司徒咎繇作士垂作共工益作虞伯夷作秩宗夔作典樂龍作納言凡九官皇甫謐帝王世紀曰舜始即真改正朔以土承火色尚黄尚書中候所謂建黄授正改朔尚書咎繇曰庶績其凝孔安國曰凝成也周官三百漢位兼倍禮記曰有虞氏之官五十夏后官百殷官二百周官三百漢書曰秦立百官漢因循不革自佐史至丞相十三萬三百八十五人今云兼倍略言之耳歷茲以降游惰寔繁孔叢子趙王曰仲尼大聖自茲以降世業不替禮記曰垂緌五寸游惰之士鄭玄曰惰游罷人也尚書曰寔繁有徒若閑冗畢弃則横議無已荀悅申鑒曰正貪禄省閑冗與時消息昭惠恤下文穎漢書注曰冗散也孟子曰聖王不作諸侯放恣處士横議冕笏不澄則坐談彌積魏志郭嘉說太祖曰劉表坐談

客耳何則可脩善詳其對家語孔子曰欲善則詳王肅曰欲善其事當詳慎之毛萇詩傳曰詳審也

又問昔者賢牧分陝良守共治公羊傳曰自陝以東周公主之自陝以西召公主之袁煥與曹植書曰召公與周公俱受分陝之任漢書曰孝宣躬親萬機勵精爲治常稱曰與我共治者其唯良二千石乎下邑必樹其風一鄉可以爲績論語曰子之武城聞絃歌之聲鄭玄曰武城魯之下邑尚書曰章善癉惡樹之風聲一鄉謂桐鄉也漢書曰朱邑爲桐鄉嗇夫廉平不苛及死子葬之桐鄉鄉人爲邑起冢立祠至有旦撫鳴琴夕置醇酒呂氏春秋曰宓子賤治單父彈琴身不下堂而單父治漢書曰曹參代蕭何爲相國日夜飲酒卿大夫以下吏及賓客見參不事事來者皆欲有言至者參輒飲以醇酒度之欲有言復飲醉而後去終莫得開說文而無害嚴而不殘漢書曰蕭何以文毋害爲沛主吏掾音義曰文無所枉害也漢書曰雋不疑爲吏嚴而不殘故能

出人於阽危之域，躋俗於仁壽之地。阽危已見謝眺八公山詩。漢書王吉上疏曰：陛下毆一世之民躋之仁壽之域，則俗何以不若成康，壽何以不若高宗也。是以賈誼有言天下之有惡吏之罪也。賈子曰：吏能爲善，則人必能爲善也；故人之不善也，吏之罪也。頃深汰珪符，妙簡銅墨。范曄後漢書曰：詔書沙汰刺史二千石，以賈琮爲兾州刺史。説文曰：汰，簡也。汰，達蓋切。周禮曰：上公之禮執桓珪，諸侯之禮執信珪，諸伯執躬珪。漢書曰：文帝初與郡守爲銅虎符竹使符。潘安仁夏侯湛誄曰：妙簡邦良。爾雅曰：簡，擇也。漢書曰：縣令長皆秦官，秩六百石以上皆銅印墨綬。而春雉未馴，秋螟不散。東觀漢記曰：魯恭爲中牟令，時郡國螟傷稼，犬牙緣界，不入中牟。河南尹袁安聞之，疑其不實，使仁恕掾肥親往廉之。恭隨行阡陌，俱坐桑下，有雉過止其傍，傍有童兒。親曰：何不捕之？兒言：雉方將雛。親曰：所以來者，欲察君之化迹爾。今虫不犯境，此一異也；化及鳥獸，此二異也；豎子有仁心，此三異也。具以狀言安。范曄後漢書曰：宋均遷九江守。山陽楚沛多蝗，其飛至九江東界者輙東西散去入在朕前湊其智略出連城守闕爾無聞漢書曰吾丘壽王爲東郡尉詔賜壽王璽書曰子在朕前之時智略輻湊及至連十餘城之守職事並廢甚不稱在前時何也豈薪槱之道未弘爲網羅之目尚簡毛詩曰芃芃棫樸薪之槱之毛萇曰山木茂盛萬人得而薪之賢人衆國家得用蕃興也曹子建書曰仲宣獨步於漢南孔璋鷹揚於河朔吾王設天網以該之文子曰有鳥將來張羅而得鳥者羅之一目也今爲一目之羅即無時得鳥孔安國尚書傳曰簡略也悉意正辭無侵執事漢書詔策晁錯曰大夫其正論毋枉執事音義或曰毋爲有司枉橈

又問朕聞上智利民不述於禮大賢彊國罔圖惟舊史記商君說秦孝公曰聖人苟可以彊國不法其故苟可以利民不循其禮豈非療飢不期於鼎食拯溺無待於規行毛詩曰泌之洋洋可以樂飢鄭玄曰泌水洋洋然飢者見

之可飲以𤻲飢𤻲音義與療同家語曰子路南游於楚列鼎而食抱朴子曰規行矩步不可以救火拯溺也

是以三王異道而共昌五霸殊風而並列淮南子曰五帝異道而德覆天下三王殊事而名施後世左氏傳賓媚人曰五伯之霸也勤而撫之以役王命杜預曰夏伯昆吾商伯大彭豕韋周伯齊桓晉文戰國策趙王謂趙文曰三代不同服而王五伯不同俗而政今農戰不脩文儒是競商君書曰國待農戰而安君待農戰而尊論衡曰上書白記者文儒也夫文儒之力過儒生況文史也弃本殉末厥弊茲多漢書詔曰農天下之大本也而人或不務本而事末故生不遂李奇曰本農也末賈也昔宋臣以禮樂爲殘賊漢主比文章於鄭衛宋臣墨翟也孫卿子曰樂也者和之不可變者也禮也者理之不可易者也墨子非之幾遇刑也墨子賤禮樂而貴勇力貪則爲盜富則爲賤治世反是漢書曰宣帝數從王褒等所幸宮觀輒爲歌頌議者多以爲淫靡不急上曰辭賦大者與詩同義小者辯麗可嘉譬如女工有綺縠音樂有鄭衛也豈欲非

聖無法將以旣道而權孝經曰非聖人者無法論語子曰可與學未可與適道可與適道未可與立可與立未可與權公羊傳曰權者何權者反於經然後有善者也今欲專士女於耕桑習鄉閭以弓騎孝經鉤命決曰耕桑得利究年受福史記曰趙武靈王胡服以習騎射五都復而事庠序四民富而歸文學漢書曰王莽於五都立均官更名雒陽邯鄲臨淄宛成都五都市長皆爲五均司市師又曰平帝立學官鄉曰庠聚曰序管子曰士農工商四民者國之石民也其道奚若爾無面從尚書曰予違汝弼汝無面從又問自晉氏不綱關河蕩析班固漢書述曰秦人不綱綱漏于楚王隱晉書曰石季龍死朝廷欲遂蕩平關河尚書盤庚曰今我民用蕩析離居宋人失馭淮汴崩離荅賓戲曰王塗蕪穢周失其御應劭漢書注曰汴水在滎陽西南論語子曰邦分崩離析而不能守也朕思念舊民永言攸濟毛詩曰永言孝思尚書曰予惟小子若涉淵水予惟往求朕攸

濟故選將開邊勞來安集漢書嚴尤上疏曰武帝選將練兵深入遠戍又班固曰武帝廣開三邊毛詩序曰萬民離散不安其居而能勞來還定安集之加以納款通和布德脩禮納其款關之誠而通其和好之禮漢書曰匈奴呼韓邪單于款五原塞名王奉獻始和親呂氏春秋曰季春之月天子布德和惠孫卿子曰管仲爲政者也未及脩禮故脩禮者王爲政者彊歌皇華而遣使賦膏雨而懷賓毛詩序曰皇皇者華君遣使臣也左傳曰季武子如晉晉侯饗之范宣子爲賦黍苗季武子再拜曰小國之仰大國也如百穀之仰膏雨焉若常膏之其天下集睦豈惟弊邑周禮曰二曰教職以安邦國以懷賓客所以關洛動南望之懷獯夷遽北歸之念王逸楚辭注曰遽競也夫危葉畏風驚禽易落漢書上曰單于待命加慢今欲攻之如何王恢曰草木遭霜者不可以風過通方之士不可以文亂今擊之單于可禽淮南子曰使葉落者風之搖也戰國策魏謂春申君曰日者更羸謂魏王曰臣能虛發而下鳥有鴻鴈從東

方來更𦡖以虛弓發而下之王曰射爾至此乎更𦡖曰此孽也其飛徐者創痛也悲鳴者久失羣也故創未息而驚心未去聞弦音而高飛故創怯今臨武君嘗爲秦孽不可爲秦之將無待干戈聊用辭辯片言而求三輔一說而定五州漢書曰內史武帝更名京兆尹左內史更名左馮翊主爵中尉更名右扶風是爲三輔天下有十二州齊得其七故謂北境爲五州斯路何階人誰或可爾雅曰階因也進謀誦志以沃朕心言進嘉謀當謂誦汝志以沃帝心也周禮曰撣人掌誦王志導國之政事鄭玄曰以王之志與政事諭說諸侯撣音探廣雅曰誦言也然彼言王志與此微殊不以文害意也尚書曰啓乃心沃朕心

天監三年策秀才文三首何之元梁典曰天監武帝年號也

任彦昇

問秀才朕長驅樊鄧直指商郊商謂齊也史記樂毅書曰輕卒銳兵長驅

文三十六

至國漢書朱買臣曰發兵浮海直指泉山尚書曰武王朝至于商郊因藉時來乘此歷運魏志劉廙上疏曰臣遭乾坤之靈值時來之運當宸衷念猶懷慙德禮記曰天子當宸而立尚書曰成湯放桀於南巢惟有慙德何者百王之弊齊季斯甚班固漢書贊曰漢承百王之弊季謂末年衣冠禮樂掃地無餘言衣冠制度禮樂軌儀皆見廢弃故無餘也班固漢書贊曰秦滅六國而上古遺烈掃地盡矣斲雕刓方經綸草昧漢書曰漢興破觚而爲圜斲琱而爲樸蘇林漢書注曰刓音角之刓與刓剸同周易曰雲雷屯君子以經綸又曰天造草昧宜建侯而不寧鄭玄曰造成也草草創也昧昧爽也採三王之禮冠履粗分因六代之樂宮判始辨周禮曰王宮懸諸侯軒懸卿大夫判懸士植懸而百度草創倉廩未實尚書曰百度唯貞論語曰裨諶草創之管子曰倉廩實知禮節若終畝不稅則國用靡資國語曰王耕一推之庶人終于畝禮記曰古者公田籍而不稅毛萇詩傳曰資

財也百姓不足則惻隱深慮論語有若曰百姓足君孰與不足百姓不足君孰與足孟子曰無惻隱之心非仁也惻隱者仁之端每時入芻藁歲課田租漢舊儀曰民田租芻藁以給經用也尚書曰百里納藁愀然疚懷如憐赤子禮記曰哀公敢問人道誰爲大孔子愀然作色而對月賦曰悄焉疚懷尚書曰若保赤子惟民其康乂今欲使朕無滿堂之念民有家給之饒說苑曰古人於天下也譬一堂之上今有滿堂飲酒有一人獨索然向隅泣則一堂之人皆不樂也鄧析子曰聖人道遥一世之間而家給人足天下太平漸登九年之畜稍去關市之賦禮記曰國無九年之畜曰不足周禮曰以九賦斂財賄七曰關市之賦鄭玄曰賦謂口出泉關市謂占會百物也子大夫當此三道利用賓王三道賓王已見上文斯理何從佇聞良說顏延之策秀才文曰廢興之要敬俟良說問朕本自諸生弱齡有志鍾離意別傳曰嚴遵與光武皇帝俱爲諸生禮記孔子曰

大道之行也與三代之英丘未之逮而有志焉**閉户自精開卷獨得**楚國先賢傳曰孫敬入學閉户牖精力過人太學謂曰閉户生入市市人相語閉户生來不忍欺也陶潛誡子書曰開卷有得便欣然忘食**九流七略頗嘗觀覽六藝百家庶非牆面**漢書曰九流有儒家流道家流陰陽家流法家流名家流墨家流從横家流雜家流農家流又曰劉歆總羣書而奏其七略故有輯略有六藝略有諸子略有詩賦略有兵書略有數術略有方技略廣雅曰頗少也周禮保氏養國子以道乃教之六藝一曰五禮二曰六樂三曰五射四曰五御五曰六書六曰九數淮南子曰百家異説各有所出論語子謂伯魚曰汝爲周南召南矣乎人而不爲周南召南其猶正牆面而立也與**雖一日萬機早朝晏罷**尚書曰兢兢業業一日二日萬機墨子曰早朝晏罷斷獄治政也**聽覽之暇三餘靡失**上林賦曰朕以覽聽餘閑無事弃日魏略曰董遇字季眞善左氏傳從學者云若渴無日遇言當以三餘或問三餘之意遇言冬者歲之餘夜與陰者日之餘雨者月之餘**上之化下草**

偃風從論語子曰君子之德風小人之德草草上之風必偃惟此虛寡弗能動俗蔡邕姜肱碑曰至德動俗邑中化之昔紫衣賤服猶化齊風韓子曰齊桓公好服紫一國盡服紫當時十素不得一紫公患之告管仲管仲曰君欲止之何不自誠勿衣也謂左右曰甚惡紫臭公曰諾於是郎中莫衣紫其明日國中莫有衣紫三日境内莫衣紫長纓鄙好且變鄒俗韓子曰鄒君好長纓左右皆服長纓甚貴鄒君患之問左右左右對曰君好服之百姓亦多服是故貴鄒君因先自斷其纓而出國中皆不服長纓雖德慚往賢業優前事且夫搢紳道行禄利然也封禪書曰因雜搢紳先生之略術班固漢書賛曰大師衆至千餘人蓋禄利之路然也朕傾心駿骨非懼真龍新序曰郭隗謂燕王曰古之君有以千金市千里馬者三年不得人請求之三月得馬已死矣買其骨以五百金君大怒之人曰死馬骨且市之况生馬乎天下必以王爲好馬矣於是不能朞年千里馬至者二今王誠願致士請從隗始隗且見事况賢於隗者乎又子張見

魯哀公哀公不禮去曰君之好士有似葉公子高之好龍也葉公好龍室屋彫文畫以寫龍於是天龍聞而下之窺頭於牖拖尾於堂葉公見之弃而退走失其䰟魄五色無主是葉公非好真龍也好夫似龍而非龍者也今君之好士也好夫似士而非士者也輜軿青紫如拾地芥范曄後漢書曰袁紹賓客所歸輜軿紫轂填接街陌說文曰軿車前衣車後爲輜漢書曰夏侯勝每講授常謂諸生曰士病不明經經術苟明其取青紫如俛拾地芥爾言好學明經術以取貴位之服如似車載之多也取之易也如拾地草而惰游廢業十室而九惰遊已見上文抱朴子曰秦降及季杪天下欲反十室而九鳴鳥蔑聞子衿不作言古者收教不及於道者故天下太平而鳳凰至學校廢則作子衿以刺之而人感思學今則不然言不如古也尚書周公曰攸罔勗弗及苟造德弗降我則鳴鳥不聞毛萇詩傳曰蔑如也詩序曰子衿刺學廢也兩都賦序曰王澤竭而詩不作引奬之路斯旣然矣小雅曰奬勸也猶其寂寞應有良規魏志明帝報王朗詔曰欽納至言思聞良規

問朕立諫鼓設謗木於茲三年矣鄧析子曰堯置欲諫之鼓舜立誹謗之木此聖人也比雖輻湊闕下多非政要文子曰群臣輻湊張湛曰如衆輻之集於轂也范曄後漢書曰詔問蔡邕宜披露得失指陳政要曰伏青蒲罕能切直漢書曰史丹直入卧内頓首伏青蒲上應劭曰以青規地曰青蒲桓子新論曰切直忠正則汲黯之敢諫爭也將齊季多諱風流遂往毛萇詩傳曰將且也老子曰天下多忌諱而民彌貧淮南子曰晚世風流終敗禮廢義上林賦曰遂往而不反矣將謂朕空然慕古虛受弗引漢書曰王莽好空言慕古法多封爵人周易曰君子以虛受人然自君臨萬寓介在民上左氏傳子囊曰赫赫楚國而君臨之方言曰介特也漢書宣帝詔曰朕承洪業託於士民之上也何嘗以一言失旨轉徙朔方范曄後漢書曰蔡邕上疏帝覽而歎息因起更衣曹節於後竊視之悉宣語左右事遂漏露程璜遂使人飛章言邕於是下邕洛陽獄詔減死一等與家屬髡鉗徙朔方詔不得

以赦令除睚眦有違論輸左校漢書曰原涉好殺眦睚於塵中論輸謂論其罪而輸作也漢書陳咸字子康年十八以父萬年任爲郎有異材抗直數言事刺譏近臣書數十上遷爲左曹父嘗病召咸教戒於牀下語至夜半咸睡頭觸屏風父大怒欲杖之曰乃公教戒汝汝反睡不聽吾言何也咸叩頭謝曰具曉所言大要教咸諂也父迺不復言元帝擢咸爲御史中丞後爲南陽太守所居以殺伐立威豪猾吏及大姓犯法輒論輸府范曄後漢書曰李膺爲河南尹時宛陵大姓羊元羣罷北海郡贓罪狼籍膺表欲罪元羣行賂宦竪膺反坐輸作左校漢書曰將作少府有左校令丞而使直臣杜口忠讜路絶漢書景帝問鄧公鄧公曰夫鼂錯患諸侯彊大不可制故請削之以尊京師萬世之利也計畫始行卒受大戮內杜忠臣之口外爲諸侯報仇聲類曰讜善言也將恐引長之道別有未周韓詩曰將恐將懼薛君曰將辭也檀道鸞晉陽秋曰謝安爲桓温司馬不存小察盡引長之風悉意以陳極言無隱漢書曰哀帝使傅喜問李尋曰間者水出地動日月失度星辰亂行災異仍重極言無有所諱周書曰愼問其故無隱乃情

文選卷第三十六

賜進士出身通奉大夫江南蘇松常鎮太等處承宣布政使司布政使胡克家重校刊

文選卷第三十七

梁昭明太子撰

文林郎守太子右內率府録事參軍事崇賢館直學士臣李　善注上

表上

表者明也標也如物之標表言標著事序使之明白以曉主上得盡其忠曰表三王已前謂之敷奏故尚書云敷奏以言是也至秦并天下改爲表揔有四品一曰章謝恩曰章二曰表陳事曰表三曰奏劾驗政事曰奏四曰駁推覆平論有異事進之曰駁六國及秦漢兼謂之上書行此五事至漢魏已來都曰表進之天子稱表進諸侯稱上䟽魏已前天子亦得上䟽

孔文舉薦禰衡表　諸葛孔明出師表

曹子建求自試表　求通親親表

羊叔子讓開府表　李令伯陳情事表

陸士衡謝平原内史表　劉越石勸進表

薦禰衡表

孔文舉 范曄後漢書曰孔融字文舉魯國人也幼有異才性好學舉高第拜御史歷官至將作大匠遷少府曹操既積嫌忌奏誅之下獄弃市

臣聞洪水横流帝思俾乂 孟子曰當堯之時天下猶未平洪水横流氾濫於天下尚書曰湯湯洪水方割有能俾乂孔安國傳曰俾使乂治也 旁求四方以招賢俊 尚書曰旁求天下孔安國曰旁非一方也 昔世宗繼統將弘祖業 世宗孝武廟號也李奇漢書注曰統緒也班固漢書紀述曰世宗曅曅思弘祖業 疇咨熙載群士響臻 尚書云帝曰疇咨若時登庸又曰有能熙帝之載班固漢書述曰疇咨熙載髦俊並作響臻如應而至也孫卿子曰下之和上譬響

之應聲也陛下睿聖纂承基緒陛下謂獻帝也班固高紀述曰纂堯之緒爾雅曰纂繼也遭遇厄運勞謙日仄說文曰遇逢也周易曰勞謙君子有終吉尚書曰文王自朝至于日中昃弗遑暇食維嶽降神異人並出毛詩曰維嶽降神生甫及申竊見處士平原禰衡年二十四字正平淑質貞亮英才卓躒孟子曰得天下英才而教育之西都賓曰卓躒諸夏卓躒絶異也躒力角反初涉藝文升堂覩奥論語云子曰由也升堂矣未入於室也爾雅曰西南隅謂之奥目所一見輒誦於口耳所暫聞不忘於心性與道合思若有神淮南子曰所謂真人者性合于道也引羊潛計安世默識以衡準之誠不足怪漢書曰桑引羊雒陽賈人子以心計年十三拜侍中又曰張安世字少孺爲郎上行幸河東嘗亡書三篋詔問莫能知唯安世識之具作其事後復購得書以相校無所遺失上奇其能擢爲尚書令忠果正直志懷霜雪

見善若驚疾惡若讎國語楚藍尹亹謂子西曰夫闔廬聞一善言若驚得一士若賞謝承後漢書曰張儉清絜中正疾惡若讎任座抗行史魚厲節殆無以過也呂氏春秋曰魏文侯飲問諸大夫寡人何如主也任座曰君不肖君也克中山不以封君之弟而以封君之子是以知不肖君也文侯不悅次及翟璜曰君賢君也臣聞其主賢者其臣直是以知君之賢也文侯悅文子曰傲世賤物士之抗行也廣雅曰抗舉也論語子曰直哉史魚廣雅曰厲高也鷙鳥累百不如一鶚史記趙簡子曰鷙鳥累百不如一鶚使衡立朝必有可觀論語子曰赤也束帯立于朝可使與賓客言又曰必有可觀者焉漢書成帝詔曰舉博士使卓然可觀飛辯騁辭溢氣坌涌坌涌貌也坌步寸切解疑釋結臨敵有餘七略曰解紛釋結反之於平安昔賈誼求試屬國詭係單于漢書賈誼曰何不試以臣爲屬國之官以主匈奴行臣之計必係單于之頸而制其命說文曰詭責也自責必係單于也漢書曰況自詭滅賊終軍欲以長

纓牽致勁越漢書曰南越與漢和親乃遣終軍使南越說其王欲令入朝比内諸侯軍自請願受長纓必羈南越王而致之闕下說文曰組綦小者爲冠纓弱冠慷慨前代美之說文曰慷慨壯士不得志於心賈誼終軍皆年十八故曰弱冠近日路粹嚴象亦用異才擢拜臺郎衡宜與爲比典略曰路粹字文蔚少學於蔡邕高才與京兆嚴象拜尚書郎象以兼有文武出爲揚州刺史粹後爲軍謀祭酒與陳琳阮瑀等典記室如得龍躍天衢振翼雲漢李陵詩曰策名於天衢班固漢書述曰攀龍附鳳並集天衢毛詩曰倬彼雲漢揚聲紫微垂光虹蜺春秋合誠圖曰北辰其星七在紫微中也尸子曰虹蜺爲析翳足以昭近署之多士增四門之穆穆兩都賦序曰内設金馬石渠之署尚書曰賓于四門四門穆穆鈞天廣樂必有奇麗之觀史記趙簡子曰我之帝所甚樂與百神遊夫鈞天廣樂九奏万儛不類三代之樂其聲動心帝室皇居必畜非常之寶應劭漢官

儀曰帝室猶古言王室尚書曰所寶惟賢則迩人安若衡等輩不可多得激楚陽阿至妙之容掌技者之所貪楚辭曰宮庭震驚發激楚王逸曰激楚清聲也淮南子曰足蹀陽阿之舞飛兔騕烏鳥褭絶足奔放良樂之所急也呂氏春秋曰飛兔騕褭古之俊馬也又曰古善相馬者若趙之王良秦之伯樂尤盡其妙也臣等區區敢不以聞李陵書曰區區之心廣雅曰區區愛也陛下篤愼取士必須效試乞令衡以褐衣召見漢書劉敬曰臣衣褐衣褐見無可觀采臣等受面欺之罪漢書曰上以張湯懷詐面欺

出師表

蜀志曰建興五年亮率軍北駐漢中臨發上疏

諸葛孔明蜀志云諸葛亮字孔明琅邪人也時先主屯新野徐庶謂先主曰諸葛孔明乃卧龍也將軍豈欲見之乎先主遂詣見之及即帝位拜爲丞相

後主即位十二年卒

臣亮言：先帝創業未半而中道崩徂，孟子曰：君子創業垂統。今天下三分，益州罷弊，此誠危急存亡之秋也。歲以秋爲功畢，故以諭時之要也。馮衍與田邑書曰：忠臣立功之日，志士馳馬之秋。然侍衛之臣不懈於內，忠志之士亡身於外者，蓋追先帝之遇，欲報之於陛下也。遇謂以恩相接也。史記豫讓曰：以國士遇我。誠宜開張聖聽，以光先帝遺德，恢志士之氣，漢書谷永上書曰：王法納乎聖聽。莊子盜跖曰：此父母之遺德也。不宜妄自菲薄，引喻失義，以塞忠諫之路也。方言曰：菲，薄也。郭璞曰：微薄也。宮中府中，俱爲一體，陟罰臧否，不宜異同。毛詩曰：嗚呼小子，未知臧否。何休公羊傳注曰：否，不也。若有作姦犯科及爲忠善者，宜付有司論其刑賞以昭陛下平明之理不宜偏私使内外異法也侍中侍郎郭攸之費禕於宜反董允等楚國先賢傳曰郭攸之南陽人以器業知名蜀志曰費禕字文偉江夏人也後主襲位亮上疏曰侍中郭攸之費禕然攸之與禕俱爲侍中又曰董允字休昭後主襲位遷黄門侍郎此皆良實志慮忠純是以先帝簡拔以遺陛下愚以爲宮中之事事無大小悉以咨之然後施行必能裨補闕漏有所廣益也將軍向寵蜀志曰向寵襄陽人也建興元年爲中部督典宿衛兵遷中領軍性行淑均曉暢軍事廣雅曰暢達也試用於昔日先帝稱之曰能是以衆議舉寵爲督愚以爲營中之事悉以諮之必能使行陣和穆優劣得所也親賢臣遠小人此先漢所以興隆也親小人遠賢士此後漢

所以傾頹也先帝在時每與臣論此事未嘗不嘆息痛恨於桓靈也（桓靈後漢二帝用閹竪所敗也）侍中尚書長史參軍此悉貞亮死節之臣也（蜀志曰建興二年陳震拜尚書又曰諸葛亮出駐漢中張裔領留府長史又曰蔣琬遷參軍統留府事）願陛下親之信之則漢室之隆可計日而待也臣本布衣躬耕於南陽（說苑唐且謂秦王曰王聞布衣之士怒乎）苟全性命於亂世不求聞達於諸侯（論語子張曰在邦必聞又孔子曰在邦必達）先帝不以臣卑鄙猥自枉屈（猥猶曲也言已曲蒙先帝自枉屈而來也）三顧臣於草廬之中諮臣以當世之事（漢晉春秋曰諸葛亮家于南陽之鄧縣荊州圖副曰鄧城舊縣西南一里隔沔有諸葛亮宅是劉備三顧處劉歆七言詩曰結構野草起室廬）由是感激遂許先帝以驅馳（趙岐孟子章指曰于載聞之猶有感激也）後值傾

覆受任於敗軍之際奉命於危難之間爾來二十有一年矣裴松之蜀志注曰案劉備以建安十三年敗遣亮使吴亮以建興五年抗表北伐自傾覆至此整二十年然則備始與亮相遇在軍敗前一年也先帝知臣謹慎故臨崩寄臣以大事也蜀志曰先主於永安病篤召亮成都屬以後事謂亮曰君才十倍曹丕必能安國終定大業若嗣子可輔輔之如其不才君可自取亮涕泣曰臣敢竭股肱之力效忠貞之節繼之以死受命以來夙夜憂嘆恐託付不效以傷先帝之明故五月度瀘深入不毛蜀志曰建興元年南中諸部並皆叛亂三年春亮率衆征之其秋悉平漢書曰瀘水出牂柯郡句町縣史記鄭襄公曰君王錫不毛之地使復得改事君王何休曰墝埆不生五穀曰不毛句求俱切町庭冷切今南方已定兵甲已足當獎帥三軍北定中原爾雅曰獎勸也庶竭駑鈍攘除姦凶廣雅曰駑駘也謂馬遲鈍者毛萇詩傳曰攘除也興

復漢室還于舊都此臣之所以報先帝而忠陛下之職
分也至於斟酌損益進盡忠言則攸之禕允之任也願
陛下託臣以討賊興復之效不效則治臣之罪以告先
帝之靈責攸之禕允等咎以章其慢蜀志載亮表云若無興德之言則戮允等以章其慢今此無上六字於義有闕誤矣陛下亦宜自課以咨諏足俱善道
察納雅言深追先帝遺詔王逸楚辭注曰課試也毛詩曰載馳載驅周爰咨諏毛萇曰訪問於善爲咨咨事爲諏論語曰子所雅言南都賦曰奉先帝而追孝臣不勝受恩感激今當遠
離臨表涕泣不知所云

求自試表

魏志曰太和二年植還雍丘植常自憤怨抱利器而無所施上疏求自試

曹子建

臣植言：臣聞士之生世，入則事父，出則事君。論語子曰：出則事公卿，入則事父兄。事父尚於榮親，事君貴於興國。故慈父不能愛無益之子，仁君不能畜無用之臣。墨子曰：雖有賢君，不愛無功之臣；雖有慈父，不愛無益之子。夫論德而授官者，成功之君也；量能而受爵者，畢命之臣也。史記樂毅報燕惠王書曰：察能而授官者，成功之君也。孫卿子曰：論德而定次，量能而授官，君子之所長也。尸子曰：君子量才而受爵，量功而受祿。故君無虛授，臣無虛受。王符潛夫論曰：故明王不敢以私授，忠臣不敢以虛受。虛授謂之謬舉，虛受謂之尸祿，詩之素餐所由作也。韓詩曰：何謂素餐？素者質也，人但有質朴而無治民之材，名曰素餐。尸祿者，頗有所知，善惡不言，默然不語，苟欲得祿而已，譬若尸矣。昔二號不辭兩國之任，其德厚也。左氏傳：晉侯假道於虞以伐虢，宮之奇諫曰：虢仲、虢叔，王季之穆也爲王卿士勳在盟府孫卿子曰德厚者進廉節者起旦奭不讓燕魯之封其功大也史記曰武王殺紂封周公旦於少昊之墟曲阜是爲魯公又曰周武王封召公奭於燕今臣蒙國重恩三世于今矣三世謂文武明也正值陛下升平之際陛下明帝也孝經鉤命決曰明王用孝升平致譽沐浴聖澤潛潤德教可謂厚幸矣史記太史公成王作頌沐浴膏澤孝經曰德教加于百姓而位竊東藩爵在上列論語子曰臧文仲其竊位者與漢書中山靖王曰位雖卑也得爲東藩身被輕煖口厭百味孝經援神契曰甘肥適口輕煖適神墨子曰衣服之法冬則練帛之中足以爲輕且煖崔駰七依曰雍人調膳展選百味目極華靡耳倦絲竹者爵重禄厚之所致也鄭玄禮記注曰致之言至也退念古之受爵禄者有異於此皆以功勤濟國輔主惠民爾雅曰濟益也今臣無德可述無功可紀

若此終年無益國朝將挂風人彼己之譏毛詩彼己之子不稱其服是以上慙玄冕俯愧朱綬周禮曰王之五冕玄冕朱裏禮記曰諸侯佩山玄玉而朱組綬蒼頡篇曰紱綬也方今天下一統九州晏如尚書大傳曰周公一統天下合和四海然一統謂其統緒也願西尚有違命之蜀東有不臣之吴使邊境未得稅甲謀士未得高枕者爾雅曰稅舍也漢書賈誼曰陛下高枕垂統無山東之憂誠欲混同宇内以致太和也法言曰或問太和曰其在唐虞成周也李軌曰天下太和故啓滅有扈戶而夏功昭尚書曰啟與有扈戰于甘之野史記曰啓遂滅有扈氏天下咸朝夏成克商奄而周德著尚書曰武王崩三監及淮夷叛周公相成王將黜殷命孔安國曰三監管蔡商也淮夷徐奄之屬史記曰成王東伐淮夷徐奄今陛下以聖明統世將欲卒文武之功繼成康之隆假周之令德以

喻魏之先主也臣瓚漢書注曰統總覽也毛詩序曰**簡良授**
文武之功起於后稷春秋歷序曰成康之隆澧泉涌
能以方叔邵虎之臣鎮衛四境爲國爪牙者可謂當矣
爾雅曰簡擇也毛詩曰方叔涖止其車三千又
曰江漢之滸王命邵虎又曰祈父予王之爪牙**然而高鳥未**
挂於輕繳淵魚未懸於鉤餌者恐鉤射之術或未盡也
高鳥淵魚喻
吳蜀二主也**昔耿弇不俟光武亟擊張步言不以賊遺於**
君父也東觀漢記曰耿弇討張步陳俊謂弇曰虜兵盛可且閉
營休士以須上來弇曰乘輿且到臣子當擊牛釃酒以
待百官反欲以賊虜遺君父邪及出
大戰自旦及昏大破之弇古含切**故車右伏劒於鳴轂雍**
門刎首於齊境說苑曰越甲至齊雍門狄請死之齊王曰鼓
鐸之聲未聞矢石未交長兵未接子何務死
知爲人臣之禮邪雍門狄對曰臣聞之昔王田於囿左轂鳴車
右請死之王曰子何爲死車右曰爲其鳴吾君也王曰左轂鳴
此者工師之罪也子何爲死車右曰吾不見工師之乘而見其
鳴吾君也遂刎頸而死有之乎齊王曰有之雍門狄曰今越甲至

其鳴吾君豈左轂之下哉車右可以死左轂而臣獨不可以死越甲邪遂刎頸而死是日越人引甲而退七十里齊王葬雍門子以上卿若此二子豈惡生而尚死哉誠忿其慢主而陵君也夫君之寵臣欲以除害興利尸子曰禹興利除害爲萬民種也臣之事君必以殺身靜亂以功報主也昔賈誼弱冠求試屬國請係單于之頸而制其命終軍以妙年使越欲得長纓占其王羈致北闕賈誼終軍已見薦禰衡表爾雅曰占隱也郭璞曰隱度之此二臣豈好爲夸主而耀世俗哉志或鬱結欲逞才力輸能於明君也昔漢武爲霍去病治第辭曰匈奴未滅臣無以家爲漢書文也固夫憂國忘家捐軀濟難忠臣之志也趙岐孟子章指曰憂國忘家今臣居外非不厚也而寢不安席食不遑味者伏以二方

未尅爲念（戰國策曰秦王告蒙驁曰寡人一城圍食不甘味臥不便席）伏見先武皇帝武臣宿兵年耆即世者有聞矣（左氏傳子朝曰太子壽早夭即世）雖賢不乏世宿將舊卒猶習戰也（史記曰王翦宿將始皇師之）竊不自量志在效命庶立毛髮之功以報所受之恩若使陛下出不世之詔效臣錐刀之用（文子曰欲治之主不世出東觀漢記黄香上疏曰以錐刀小用蒙見宿留也）使得西屬大將軍當一校之隊（魏志曰太和二年遣大將軍曹真擊諸葛亮於街亭司馬彪漢書曰大將軍營伍部校尉一人）若東屬大司馬統偏師之任（魏志曰太和二年大司馬曹休率諸軍至皖臣瓚漢書注曰統由揔覽也）必乘危躡險騁舟奮驪（禮記曰夏后尚黑戎事乘驪鄭玄云馬黑色曰驪）突刃觸鋒爲士卒先（漢書伍被曰大將軍當敵勇常爲士卒先）雖未能禽權馘亮庶將虜其

雄率殲其醜類鄭玄毛詩箋曰馘所獲之左耳也爾雅曰殲盡也又曰醜衆也必效須史之捷以滅終身之愧杜預左氏傳注曰捷獲也使名挂史筆事列朝榮雖身分蜀境首懸吳闕猶生之年也北征賦曰首身分而不寤漢武帝遣使者告單于曰南越王頭已懸於漢北闕傅武仲與荊文姜書曰雖死之日猶生之年如微才不試沒世無聞論語曰君子疾沒世而名不稱徒榮其軀而豐其體生無益於事死無損於數虛荷上位而忝重祿禽息鳥視終於白首鄭玄周禮注曰凡鳥獸未孕曰禽此徒圈牢之養物非臣之所志也說文曰圈養獸閑也鄭玄周禮注曰牢閑也流聞東軍失備師徒小衂漢書王音曰失行流聞魏志曰休至皖與吳將陸遜戰於石亭敗績衂猶挫折也輟食棄餐奮袂攘衽撫劍東顧而心已馳於吳會矣鄭玄周禮注曰攘却

也謂却扱衽也左氏傳曰子朱撫劒從之臣昔從先武皇帝南極赤岸東臨滄海西望玉門北出玄塞七發曰淩赤岸篲扶桑山謙之南徐州記曰京江禹貢北江有大濤濤至乘北激赤岸尤更迅猛漢書燉煌郡龍勒縣有玉門關玄塞長城也北方色黑故曰玄伏見所以行軍用兵之勢可謂神妙矣孫子曰兵與敵變化而取勝者謂之神故兵者不可預言臨難而制變者也孫卿曰水因地而制行兵因敵而制勝志欲自效於明時立功於聖世每覽史籍觀古忠臣義士出一朝之命以殉國家之難司馬遷書曰李陵奮不顧身以殉國家之急身雖屠裂而功銘著於景鍾名稱垂於竹帛未嘗不拊心而歎息也國語晉悼公曰昔克路之役秦來圖敗晉攻魏顆以其身却退秦師于輔氏親止杜回其勳銘於景鍾韋昭曰景鍾景公鍾也墨子曰以其功書於竹帛傳遺後子孫也臣聞明主使臣不廢有罪故奔北敗軍之將用秦

魯以成其功史記曰秦繆公使百里奚子孟明視蹇叔子西乞術及白乙丙將兵襲鄭晉發兵遮秦兵於殽大敗晉人虜秦三將以歸後還秦三將穆公復三人官秩復使將兵伐晉大敗晉人以報殽之役又曰曹沫者魯人也以勇力事魯莊公爲魯將與齊戰三敗三北魯莊公懼乃獻遂邑之地以和猶復以爲將齊桓公許與魯會于柯而盟桓公與莊公既盟於壇上曹沫執匕首刼齊桓公公問曰子將何欲曹沫曰齊强魯弱而大國侵魯亦已甚矣今魯城壞即壓境君其圖之桓公乃許盡還魯之侵地曹沫三戰所亡盡復于魯

絶纓盜馬之臣赦楚趙以濟其難說苑曰楚莊王賜羣臣酒日暮華燭滅有引美人衣者美人援絶冠纓告王知之王曰賜人酒醉欲顯婦人之節吾不取也乃命左右勿上火與寡人飲不絶纓者不懽也羣臣纓皆絶盡懽而去後與晉戰引美人衣者五合五獲以報莊王呂氏春秋曰昔者秦繆公乘馬右服失之野人取之繆公自往求之見野人方將食之於岐山之陽繆公笑曰食駿馬之肉不飲酒余恐傷汝也徧飲而去韓原之戰晉人已環繆公之車矣晉梁靡已扣公左驂矣野人嘗食馬於岐山之陽者三百有餘人畢力爲繆公疾鬬於車下遂大克晉及獲惠公以歸此秦而謂之趙者史記曰趙氏之先與秦共祖然則以其同祖故曰趙焉

臣

竊感先帝早崩威王棄代先帝謂文帝也魏志曰任城王彰薨謚曰威臣獨何人以堪長久常恐先朝露塡溝壑漢書李陵謂蘇武曰人如朝露列女傳梁寡婦曰妾之夫先犬馬塡溝壑墳土未乾而身名並滅漢書霍禹曰將軍墳土未乾李宏武功歌曰身非金石名俱滅焉臣聞騏驥長鳴伯樂昭其能戰國策楚客謂春申君曰昔騏驥駕車吴坂遷延負轅而不能進遭伯樂仰而長鳴知伯樂知己也今僕屈厄日久君獨無意使僕爲君長鳴也盧狗悲號韓國知其才戰國策曰齊欲伐魏淳于髡謂齊王曰韓子盧者天下之壯犬也東郭俊者海內之狡兎也韓子盧逐東郭俊環山者三騰山者五兎極於前犬廢於後犬兎俱罷各死其處田父見之而擅其功今齊魏相持臣恐強秦大楚承其後有田父之功高誘曰韓國之盧犬古之名狗也然悲號之義未聞也是以效之齊楚之路以逞千里之任謂齊楚遠也孫卿子曰夫驥一日而千里也試之狡兎之捷以驗搏噬之用今臣

志狗馬之微功竊竊自惟度終無伯樂韓國之舉是以於邑而竊竊自痛者也楚辭曰長呼吸以於悒王逸曰於悒啼貌夫臨博而企竦聞樂而竊竊抃者或有賞音而識道也說文曰博局戲也大箸十二棊又曰企舉踵也竦猶立也說文曰抃拊也昔毛遂趙之陪隸猶假錐囊之喻以寤主立功史記曰秦之圍邯鄲趙使平原君求救合從於楚約與食客門下有勇力武備具者二十人俱得十九人餘無可取者毛遂前自讚於平原君平原君曰先生處勝之門下幾年於此矣遂曰三年于此矣平原君曰夫賢士之處俗譬若錐之處囊中其末立見今先生處勝之門下三年勝未有所聞毛遂曰臣乃今日請處囊中耳使遂蚤得處囊中乃穎脫而出非特其末見而已也平原君竟與毛遂偕十九人平原君與楚合從日出而言日中不決毛遂按劒歷階而上曰何合從者爲楚非爲趙也楚王曰唯謹奉社稷以從況巍巍大魏多士之朝而無慷慨死難之臣乎夫自衒

乡編自媒者士女之醜行也越絶書曰范蠡其始居楚之越越王與言盡日大夫石賈進曰衒女不貞衒士不信客歷諸侯渡河津無因自致殆不真賢也干時求進者道家之明忌也莊子曰功成者墮名成者虧孰能去功與名而還與衆人而臣敢陳聞於陛下者誠與國分形同氣憂患共之者也呂氏春秋曰父母之於子也子之於父母也一體而分形同氣血而異息痛疾相救憂思相感生則相驩死則相哀此之謂骨肉之親也冀以塵露之微補益山海謝承後漢書楊喬曰猶塵附泰山露集滄海雖無補益款誠至情猶不敢嘿也螢燭末光增輝日月淮南子曰人主之居也如日月之明也是以敢冒其醜而獻其忠必知爲朝士所笑聖主不以人廢言論語子曰君子不以人廢言伏惟陛下少垂神聽臣則幸矣

求通親親表魏志曰太和五年植上䟽求存問親戚自因致其意也

曹子建

臣植言：臣聞天稱其高者，以無不覆；地稱其廣者，以無不載；日月稱其明者，以無不照；禮記子夏問曰何謂三無私孔子曰天無私覆地無私載日月無私照此之謂三無私江海稱其大者，以無不容。管子曰海不辭水故能成其大墨子曰江河不惡小谷之滿己也故能大故孔子曰：大哉堯之爲君，惟天爲大，惟堯則之。論語文也夫天德之於萬物，可謂弘廣矣。蓋堯之爲教，先親後踈，自近及遠。其傳曰：克明俊德，以親九族；九族既睦，平章百姓。孔安國曰能明俊德之士任用之以睦高祖玄孫之親也又曰既已也百姓百官也言化九族而平和章明也及周之文王亦崇厥化，鄭玄禮記注曰崇猶尊也其詩曰：刑于寡妻，至于兄弟，以御于家邦。

（毛萇曰刑法也鄭玄云御治也寡妻寡有之妻文王以禮接其妻至於宗族又能爲政治於家邦）是以雍雍穆穆風人詠之（毛詩曰有來雍雍又曰天子穆穆）昔周公弔管蔡之不咸廣封懿親以藩屛王室（左氏傳富辰曰周公弔二叔之不咸故封建親戚以藩屛周室馬融曰二叔管蔡也）傳曰周之宗盟異姓爲後（左氏傳曰滕侯薛侯來朝爭長公使羽父請於薛侯曰周之宗盟異姓爲後）誠骨肉之恩爽而不離（漢書宣帝詔曰蓋聞象有罪舜封之骨肉之親粲而不殊如淳曰粲或爲散爾雅曰爽差也）親親之義寔在敦固（禮記曰君子賢其賢而親其親）未有義而後其君仁而遺其親者也（孟子曰未有仁而遺其親者也未有義而後其君者也）伏惟陛下咨帝唐欽明之德（尚書曰放勳欽明）體文王翼翼之仁（毛詩曰惟此文王小心翼翼）惠洽椒房恩昭九親（漢舊儀曰皇后稱椒房詩椒聊之實蕃延盈升美其繁典九親猶九

族群后百僚畨休遞上列子曰巨鼇迭爲三番便宜曰上下郎吏許作四五番休執政不廢於公朝下情得展於私室親理之路通慶弔之情展誠可謂恕己治人推惠施恩者矣論語子貢問曰一言可以終身行之者乎子曰其恕乎己所不欲勿施於人三略曰良將恕己而治人又曰推惠施恩士力日新至於臣者人道絶緒禁固明時臣竊自傷也左氏傳曰申公巫臣奔晉子反請以重幣錮之杜預曰禁固勿仕也錮與固通不敢乃望交氣類脩人事叙人倫謝承後漢書曰栢礹鄐營氣類毛詩序曰成孝敬厚人倫近且婚媾不通兄弟永絶吉凶之問塞慶弔之禮廢恩紀之違甚於路人蘇子卿詩曰誰爲行路人隔閡之異殊於胡越淮南子曰自其異者視之肝膽胡越許慎曰胡在北方越在南方今臣以一切之制永無朝覲之望漢書音義曰一切權時也至於注心

皇極結情紫闥神明知之矣尚書考靈耀曰建用皇極宋均曰建立也皇大極天也崔駰達旨曰攀台階闚紫闥然天寔爲之謂之何哉毛詩國風文退省諸王常有戚戚具爾之心毛詩曰戚戚兄弟莫遠具爾顧陛下沛然垂詔孟子曰油然作雲沛然下雨使諸國慶問四節得展以叙骨肉之歡恩全怡怡之篤義論語子曰兄弟怡怡如也妃妾之家膏沐之遺歲得再通毛詩曰豈無膏沐齊義於貴宗等惠於百司如此則古人之所歎風雅之所詠復存於聖世矣臣伏自思惟豈無錐刀之用東觀漢記黃香上疏曰以錐刀小用蒙見宿留及觀陛下之所拔授若臣爲異姓竊自料度不後於朝士矣若得辭遠遊戴武弁蔡邕獨斷曰遠遊冠者王侯所服傅子曰侍中冠武弁解朱組佩

青紱朱組綬已見自試表注漢書曰凡二千石以上銀印青綬駙馬奉車趣得一號漢書曰奉車都尉掌御乘輿車駙馬都尉掌駙馬說文曰駙近也安宅京室執鞭珥筆論語子曰富而可求雖執鞭之士吾亦爲之范曄後漢書岑彭謂朱鮪曰彭往者得執鞭侍從珥筆戴筆也漢書趙卬曰張安世持橐簪筆張晏曰近臣負橐簪筆從也出從華蓋入侍輦轂劉歆遂初賦曰奉華蓋於帝側胡廣漢官解故注曰轂下諭在輦轂之下京兆之中承荅聖問拾遺左右漢書曰議郎掌顧問應對又曰蕭望之劉更生並拾遺左右乃臣丹情之至願不離於夢想者也遠慕鹿鳴君臣之宴毛詩序曰鹿鳴宴群臣嘉賓也中詠棠棣匪他之誡毛詩序曰棠棣燕兄弟也毛詩曰豈伊異人兄弟匪他下思伐木友生之義毛詩序曰伐木燕朋友故舊也詩曰矧伊人矣不求友生終懷蓼莪罔極之哀毛詩蓼莪曰父兮生我母兮鞠我欲報之德昊天罔極每四節之會塊然

獨處左右惟僕隸所對惟妻子高談無所與陳發義無所與展未嘗不聞樂而拊心臨觴而歎息也漢書曰中山靖王勝來朝天子置酒勝聞樂聲而泣對曰臣聞悲者不可爲絫欷思者不可爲歎息今臣心結日久每聞幼妙之聲不知泣涕之横集臣伏以爲犬馬之誠不能動人譬人之誠不能動天崩城隕霜臣初信之以臣心況徒虛語耳列女傳曰杞梁妻者齊杞梁殖之妻也齊莊公襲莒殖戰死杞梁之妻無子内外皆無五屬之親旣無所歸乃就其夫屍於城下而哭之内誠動人道路過者莫不爲之揮涕十日而城爲之崩淮南子曰鄒衍盡忠於燕惠王惠王信譖而繫之鄒子仰天而哭正夏而天爲之降霜也若葵藿之傾葉太陽雖不爲之迴光然終向之者誠也淮南子曰聖人之於道猶葵之與日雖不能終始哉其鄉之者誠也臣竊自比葵藿若降天地之施垂三光之明者寔在

陛下臣聞文子曰不爲福始不爲禍先文子曰與道爲際與德爲隣不爲福始不爲禍先范子曰文子者姓辛葵丘濮上人也稱曰計然南遊於越范蠡師事今之否隔友于同憂而臣獨唱言者何也廣雅曰否隔也尚書曰友于兄弟竊不願於聖代使有不蒙施之物有不蒙施之物必有慘毒之懷故柏舟有天只之怨谷風有棄予之歎毛詩柏舟曰母也天只不諒人只毛萇曰諒信也母也天也尚不信我也又谷風曰將安將樂汝轉棄予伊尹恥其君不爲堯舜尚書曰昔先正保衡作我先王乃曰予弗克俾厥后惟堯舜其心愧耻若撻于市孟子曰不以舜之所以事堯事其君者不敬其君者也臣之愚蔽固非虞伊至於欲使陛下崇光被時雍之美宣緝熙章明之德者尚書曰允恭克讓光被四表協和萬邦黎民於變時雍毛詩曰維清緝熙文王之典章明已見上文尚書曰百姓昭明是臣

慺慺之誠，竊所獨守。（尚書傳曰：慺慺，謹慎也。）寔懷鶴立企佇之心，敢復陳聞者，（戰國策曰：吴入郢，樊冒勃蘇潛行十日而薄秦，鶴立不轉。）冀陛下儻發天聰，而垂神聽也。（尚書曰：天聰明。神聽，已見自試表。）

讓開府表

羊叔子（臧榮緒晉書曰：羊祜，字叔子，太山人也。能屬文，爲中書郎。陳留王立，封鉅平子。世祖受禪，加散騎常侍。後以祜都督荆州諸軍事，又爲車騎將軍，開府儀同三司。祜表讓。後以祜爲征南大將軍，開府辟召，儀同三司。薨。）

臣祜言：臣昨出，伏聞恩詔，拔臣使同台司。（昨出，爲沐浴而出在外。台司，三公也。爲台司，故言儀同三司。威儀百物，使同三司也。）臣自出身已來，適十數年，受任外內，每極顯重之地。（王隱晉書曰：太祖引祜爲從事中郎，遷中領軍，事兼內外。）

常以智力不可強進恩寵不可久謬夙夜戰慄以榮爲憂中謝裴氏新語曰若薦其君將有所乞請中謝言臣誠惶誠恐頓首死罪臣聞古人之言德未爲衆所服而受高爵則使才臣不進功未爲衆所歸而荷厚祿則使勞臣不勸管子曰國有德義未明於朝而處尊位者則良臣不進有功未見於國而有重祿者則勞臣不勸今臣身託外戚事遭運會王隱晉書曰祜同産姊配景帝爲引訓太后誡在寵過不患見遺而猥超然降發中之詔加非次之榮猥猶曲也孔融荅曹公書曰來書懇切訓誨發中臣有何功可以堪之何心可以安之以身誤陛下辱高位傾覆亦尋而至國語單襄公曰高位寔疾顛左氏傳呂相曰傾覆我社稷願復守先人弊廬豈可得哉莊子曰顏闔守陋閭左氏傳齊侯遇杞梁之妻于郊使弔之辭曰有先人之弊廬在

下妾不得與郊弔違命誠忤天威曲從即復若此左氏傳齊侯對宰孔曰天威不違顏咫尺蓋聞古人申於見知晏子春秋越石父謂晏子曰臣聞之士者屈於不知己而申乎知己大臣之節不可則止論語子曰周任有言曰陳力就列不能者止臣雖小人敢緣所蒙念存斯義今天下自服化已來方漸八年列子曰子產相鄭三年善者服其化雖側席求賢不遺幽賤國語曰越王夫人側席而坐韋昭曰側猶特也禮憂者側席而坐然臣等不能推有德進有功使聖聽知勝臣者多而未達者不少假令有遺德於板築之下有隱才於屠釣之間尚書序曰高宗夢得說說築傅巖之野孟子曰傅說舉於版築之間郭璞三蒼解詁曰板墻上下板築杵頭鐵沓也尉繚子曰太公屠牛朝歌史記曰太公望呂尚以漁釣奸周西伯而令朝議用臣不以為非臣處之不以為

愧所失豈不大哉遺賢不薦而謬處崇班非直身殃抑爲朝累今乃朝議用臣不以爲非已累朝矣處之又不以爲愧已殃身矣此失豈不大哉言甚大也且臣忝竊雖久未若今日兼文武之極寵等宰輔之高位也文武謂車騎及開府等宰輔謂儀同三司臣所見雖狹據今光禄大夫李憙秉節高亮正身在朝晉諸公讚曰憙字季和上黨人少有高行爲僕射年老遜位拜光禄大夫光禄大夫魯芝絜身寡欲和而不同臧榮緒晉書曰魯芝字世英扶風人也耽思墳籍爲鎮東將軍徵光禄大夫四子講德論曰絜身修德老子曰少私寡欲論語曰和而不同光禄大夫李胤莅政引簡在公正色王隱晉書曰李胤字宣伯遼東人也稍遷至尚書僕射轉光禄大夫孔安國尚書傳曰簡大也尚書曰正色率下皆服事華髮以禮終始周禮曰大司徒領職曰服事鄭司農曰服事謂公家服事新序閭丘卬曰士亦華髮墮領而後用耳雖歷内外之寵

不異寒賤之家而猶未蒙此選臣更越之何以塞天下之望少益日月聖主得賢臣頌曰不足以塞厚望日月喻君已見上求自試表是以誓心守節無苟進之志左傳季札曰曹宣公之卒也諸侯與曹人不義曹君將立子臧子臧去之遂弗爲也以成曹君君子曰能守節矣今道路未通方隅多事乞留前恩使臣得速還屯王隱晉書曰太始五年出爲都督荊州諸軍事不爾留連必於外虞有闕臣不勝憂懼謹觸冒拜表惟陛下察匹夫之志不可以奪論語子曰匹夫不可奪志

陳情事表

李令伯華陽國志曰李密字令伯父早亡母何氏更適人密見養於祖母事祖母以孝聞侍疾日夜未嘗解帶蜀平後晉武帝徵爲太子洗馬詔書累下郡

縣逼迫密上書武帝覽其表曰密不空有名者也嘉其誠欵賜奴婢二人使郡縣供其祖母奉膳祖母卒服終徙尚書郎爲河内温令左遷漢中太守一年去官卒密一名虔

臣密言臣以險舋夙遭閔凶賈逵國語注曰舋兆也左氏傳楚少宰曰寡君少遭閔凶生孩六月慈父見背孟子曰孩提之童趙岐曰知孩笑可提抱也文子曰慈父之愛子非求報行年四歲舅奪母志莊子田開之曰單豹行年七十毛詩序曰衛世子蚤死其妻守義父母欲奪而嫁之祖母劉愍臣孤弱躬親撫養毛詩曰父兮生我母兮鞠我撫我畜我長我育我毛萇曰鞠養也臣少多疾病九歲不行零丁孤苦至于成立李陵贈蘇武詩曰遠處天一隅苦困獨伶丁國語曰晉趙文子冠韓獻子戒之曰此之謂成人論語曰三十而立既無伯叔終鮮兄弟毛詩曰終鮮兄弟維予與女門衰祚薄晚有兒息字書曰祚福也外無朞功強近之親內無應門五尺

之僮孫卿子曰仲尼之門五尺豎子羞言五伯煢煢獨一作子立形影相弔曹植責躬表曰形影相弔五情愧赧而劉夙嬰疾病常在牀蓐臣侍湯藥未曾廢離逮奉聖朝沐浴清化前太守臣逵察臣孝廉後刺史臣榮舉臣秀才臣以供養無主辭不赴命詔書特下拜臣郎中尋蒙國恩除臣洗馬朱浮書曰同被國恩如淳漢書注曰凡言除者除故官就新官也漢書曰太子屬官有洗馬如淳曰前驅也猥以微賤當侍東宮非臣隕首所能上報廣雅曰猥頓也漢書谷永上書王鳳曰齊客隕首公門以報恩施史記曰孟嘗君相齊使其舍人魏子收邑三反而不致孟嘗君問其故對曰有賢竊假之數年或毀孟嘗孟嘗乃奔魏子所與粟賢者聞之乃上書言孟嘗不作亂請身盟遂自刎宮門以明孟嘗臣具以表聞辭不就職詔書切峻責臣逋慢郡縣逼迫催臣上道州司臨

門急於星火臣欲奉詔奔馳則劉病日篤欲苟順私情則告訴不許臣之進退實爲狼狽孔叢子孔子曰吾於狼狽見聖人之志荀悅漢紀論曰周勃狼狽失據塊然囚執伏惟聖朝以孝治天下凡在故老猶蒙矜育爾雅曰矜憐也況臣孤苦特爲尤甚且臣少仕僞朝歷職郎署本圖宦達不矜名節鄭玄禮記注曰矜謂自尊大也今臣亡國賤俘至微至陋賈逵國語注曰伐國取人曰俘過蒙拔擢寵命優渥毛詩曰既優既渥豈敢盤桓有所希冀周易曰初九盤桓利居貞但以劉日薄西山氣息奄奄楊雄反騷曰臨汨羅而自隕兮恐日薄於西山廣雅曰奄困迫也人命危淺朝不慮夕左氏傳趙孟曰朝不謀夕何其長也臣無祖母無以至今日祖母無臣無以終餘年鸚鵡賦曰匪餘年之足惜母孫二人更

相爲命是以區區不能廢遠臣密今年四十有四祖母劉今年九十有六是臣盡節於陛下之日長報養劉之日短也烏鳥私情願乞終養葛龔喪伯父還傳記曰烏鳥之情誠竊傷痛毛詩曰蓼莪孝子不得終養也臣之辛苦非獨蜀之人士及二州牧伯所見明知皇天后土實所共鑒左氏傳晉大夫曰皇天后土實聞君之言願陛下矜愍愚誠聽臣微志庶劉僥倖保卒餘年禮記曰子曰小人行險以僥倖僥與徼同古堯切臣生當隕首死當結草隕首已見上文左氏傳曰晉魏顆敗秦師於輔氏獲杜回秦之力人也初魏武子有嬖妾無子武子疾命顆必嫁是疾病曰必爲殉顆嫁之曰疾病則亂吾從其治也及輔氏之役魏顆見老人結草以亢杜回杜回躓而顛故獲之夜夢之曰余而所嫁婦人之父也臣不勝犬馬怖懼之情謹拜表以聞史記丞相青翟曰臣不勝

犬馬心

謝平原内史表 臧榮緒晉書曰成都王表理機起爲平原内史到官上表

陸士衡

陪臣陸機言蔡邕獨斷曰諸侯境内自相以下皆爲諸侯稱臣於朝皆稱陪臣今月九日魏郡太守遣兼丞張含齎板詔書印綬假臣爲平原内史凡王封拜謂之板官時成都攝政故稱板詔拜受祗竦不知所裁臣機頓首頓首死罪死罪范曄後漢書陳蕃上疏曰臣誠悼心不知所裁臣本吳人出自敵國漢書蒯通説韓信曰敵國破謀臣亡世無先臣宣力之效才非丘園耿介之秀尚書舜曰予欲宣力四方汝爲易曰賁于丘園束帛戔戔王肅曰隱處丘園道德弥明必有束帛之聘楚辭曰獨耿介而不隨皇澤廣被惠濟無遠四子講德論曰皇澤豐沛尚書曰無遠弗届擢自群萃累蒙榮進國語曰群萃而同處

賈逵曰萃亦聚也入朝九載歷官有六身登三閤官成兩宮臧榮緒晉書曰太熙末太傅楊駿辟機爲祭酒駿誅徵爲太子洗馬吳王出鎮淮南以機爲郎中令遷尚書中兵郎轉殿中郎又爲著作郎晉令曰祕書郎掌中外三閤經書兩宮東宮及上臺也服冕乘軒仰齒貴游左傳衛太子謂渾良夫曰服冕乘軒三死無與杜預傳注曰齒列也周禮曰師氏以三德教國子凡國之貴游子弟學焉振景拔迹顧邈同列臣瓚漢書注曰邈凌邈也施重山岳義足灰沒葛龔讓州辟文曰恩重山岳言君之義我身如灰之滅不足報也遭國顛沛無節可紀雖蒙曠盪臣獨何顔俛首頓膝憂愧若厲中謝周易曰夕惕若厲而横爲故齊王冏九永所見枉陷誣臣與衆人共作禪文王隱晉書曰齊王冏字景治趙王倫簒位冏舉兵討倫臨陳斬之禪文倫受禪之文幽執囹圄當爲誅始司馬遷書曰深幽囹圄之中臣之微誠不負天

地倉卒之際，慮有逼迫，乃與弟雲及散騎侍郎袁瑜王隱晉書曰：袁瑜字世都。中書侍郎馮熊馮熊字文羆。尚書右丞崔基、廷尉正顧滎顧滎字彥先。汝陰太守曹武晉百官名曰：曹武字道淵。思所以獲免，陰蒙避迴，岐一作崎嶇自列。言密自蒙蔽，避迴罔黨，岐嶇艱阻，得自申列也。廣雅曰：列，陳也。片言隻字，不關其間，事蹤筆跡，皆可推校。王隱晉書曰：機與吳王晏表曰：禪文本草，今見在中書，一字一迹，自可分別。蔡邕書曰：惟是筆跡，可以當面。而一朝翻然，更以爲罪。蕞爾之生，尚不足忝，左傳子產曰：諺云蕞爾之國。杜預曰：蕞，小貌也。說文曰：尚，曾也。孔安國尚書傳曰：忝，惜也。區區本懷，實有可悲。李陵書曰：區區之心，切慕此爾。畏逼天威，即罪惟謹。天威已見上讓開府表。公羊傳曰：不即罪爾。何休曰：不就罪也。漢書曰：終軍詰徐偃，請下御史，徵偃即罪。論語曰：子在宗廟朝廷，便便言，惟謹爾。鉗口結舌，不敢上訴所天莊子曰鉗墨翟之口慎子曰臣下閉口左右結舌潛夫論曰臣鉗口結舌而不敢言左傳箴尹克黄曰君天也何休墨守曰君者臣之天也莫大之舋曰經聖聽孝經曰五刑之屬三千而罪莫大於不孝肝血之誠終不一聞所以臨難慷慨而不能不恨恨者惟此而已重蒙陛下愷悌之宥陛下謂成都也毛詩曰愷悌君子杜預左傳注曰宥赦也迴霜收電使不隕越威如霜已見西征賦荀悦申鑒曰人主威如雷電之震左傳齊侯對宰孔曰小白恐隕越于下復得扶老攜幼生出獄户戰國策曰薛人扶老攜幼迎孟嘗君道中懷金拖紫退就散輩楊子法言曰使我紆朱懷金其樂不可量也解嘲曰紆青拖紫拖徒我切感恩惟咎五情震悼文子曰昔中黄子曰色有五章人有五情跼天蹐地若無所容中謝毛詩曰謂天蓋高不敢不跼謂地蓋厚不敢不蹐史記曰魏公子自責似若無所容跼音局蹐精亦切不悟日月之明遂

垂曲照雲雨之澤播及朽瘁尚書武王曰惟我文考若日月之照臨范曄後漢書鄧騭
上疏曰被雲雨之渥澤也忘臣弱才身無足采哀臣零落罪有可察
苟削丹書得夷平民左傳曰斐豹隸也著於丹書書曰延及平民則塵洗天
波謗絕衆口臣之始望尚未至是猥辱大命顯授符虎
漢書文紀曰初與郡守爲銅虎符竹使符使春枯之條更與秋蘭垂芳陸沈
之羽復與翔鴻撫翼莊子曰孔子之楚其鄰有夫妻臣妾登極者仲尼曰是陸沈者也班
固漢書張陳述曰攜手遂秦撫翼俱起雖安國免徒起紆青組漢書曰韓安國事梁
孝王爲中大夫其後安國坐法抵罪梁內史缺漢使使者拜安國爲梁內史起徒中爲二千石張敞亡
命坐致朱軒漢書張敞爲京兆尹坐與楊惲厚善不宜處位免爲庶人數月冀州部中有大賊天
子思敞功使使召敞即裝隨使者詣公車上書天子引敞見拜爲冀州刺史敞起亡命復奉使典州命名也謂

所犯罪名已定而逃亡避之謂之亡命青組朱軒並二千石之車飾方臣所荷未足爲秦豈臣蒙垢含忝所宜忝竊范睢後漢書陳蕃曰鄙忝之萌復存于心方言曰貪而不施謂之忝非臣毀宗夷族所能上報喜懼參并悲慙哽結拘守常憲當便道之官如淳漢書注曰律二千石以上告歸寧不過行在所者便道之官無問也不得束身奔走稽顙城闕瞻係天衢馳心輦轂天衢已見上薦禰衡表輦轂已見上求通親親表臣不勝屏營延仰謹拜表以聞國語申胥曰昔楚靈王獨行屏營

勸進表

何法盛晉書曰劉琨連名勸進中宗嘉之晉紀曰劉琨作勸進表無所點竄封印既畢對使者流涕而遣之

劉越石、

建興五年晉書曰建興閔帝年號三月癸未朔十八日辛丑使持節散騎常侍都督河北并冀幽三州諸軍事領護軍匈奴中郎將司空并州刺史廣武侯臣琨使持節侍中都督冀州諸軍事撫軍大將軍冀州刺史左賢王渤海公臣磾頓首死罪上書臣琨臣磾頓首頓首死罪死罪臣聞天生蒸人樹之以君所以對越天地司牧黎元左傳邾文公曰天生人而樹之君以利之也典引曰發祥流慶對越天地左傳師曠曰天生人而立之君使司牧之勿使失性孝經鉤命決曰天有顧盼之義授圖于黎元聖帝明王鑒其若此易緯曰聖帝明王所以致太平知天地不可以乏饗故屈其身以奉之范曄後漢書袁紹上疏曰洛邑乏祀荀悦申鑒曰聖王屈己以申天下之樂知黎元不可以無主故

不得已而臨之東觀漢記馮異曰更始敗亡天下無主莊子曰君子不得已而臨莅天下也社稷時難則戚藩定其傾郊廟或替則宗哲纂其祀所以引振遐風式固萬世牽秀衛公誄曰仰睎遐風輝冠世毛詩曰式固爾猶重三五以降靡不由之史記楚子西曰孔丘述三五之法明周召之業臣琨臣磾頓首頓首死罪死罪伏惟高祖宣皇帝肇基景命王隱晉書曰宣皇帝河内温人今上受禪追上尊號曰宣皇帝尚書武王曰至于大王肇基王迹詩曰景命有僕毛萇曰僕附也鄭玄曰天之大命又附著於汝世祖武皇帝遂造區夏世祖武帝廟號書曰惟丕顯考文王用肇造我區夏三葉重光四聖繼軌三世謂景宣文四聖謂武帝也書曰昔我文王武王宣重光廣雅曰軌跡也惠澤侔於有虞卜年過於周氏左傳王孫滿曰成王定鼎郟鄏卜世三十卜年七百自元康以來艱禍繁興晉書曰惠帝即位改

元日元康永嘉之際氛厲彌昏永嘉懷帝年號宸極失御登遐醜裔王隱晉書懷紀曰羯賊劉曜破洛皇帝崩於平陽宸極喻帝位荅賓戲曰周失其御禮曰天王崩告喪曰天王登遐國家之危有若綴旒公羊傳曰君若贅旒然贅猶綴也何休曰旒旗旒也以譬者言爲下所執持東西爾賴先后之德宗廟之靈皇帝嗣建舊物克甄王隱晉書懷紀曰洛陽破大司馬南陽王保於長安立秦王爲皇太子懷帝崩皇太子即位左傳伍員曰少康祀夏配天不失舊物鄭玄尚書緯注曰甄表也誕授欽明服膺聰哲欽明已見上求通親親表禮曰服膺拳拳王質幼彰金聲夙振應劭漢官儀曰太子太傅琢磨王質言太子有王之質琢磨以道也孟子曰孔子之謂集大成集大成也者金聲而玉振之也冢宰攝其綱百辟輔其治尚書曰冢宰掌邦治統百官包咸論語注曰攝猶兼也毛詩曰不顯維德百辟其刑之四海想中興之美羣生懷來蘇之望毛詩序曰宣王任賢使能周室中興尚書

曰傒我后后來其蘇不圖天不悔禍大災荐臻左傳鄭伯曰天其悔禍于許國

未忘難寇害尋興左傳富辰曰人未忘禍王又興之逆胡劉曜縱逸西

都何法盛晉書胡録曰建興四年劉載使劉曜寇長安敢肆犬羊凌虐天邑漢名臣奏

曰太尉應劭等議以爲鮮卑隔在漠北犬羊爲群尚書曰肆予敢求爾于天邑商臣等奉表使

還仍承西朝以去年十一月不守主上幽劫復沈虜庭

于寶晉紀曰賊入掠京都劉粲寇于城下天子蒙塵于平陽傳暢諸公讃曰葛蕃傳檄平陽求連和迎上上

於是見害謝承後漢書序曰黄他求没將投骸虜庭神器流離再辱荒逆再謂懷愍二帝老子曰天下神器不可爲爲者敗之

韋昭曰神器天子璽符服御之物也臣每覽史籍觀之前載小雅曰載事也厄運

之極古今未有苟在食土之毛含氣之類左傳芋尹無宇謂楚子曰

食土之毛誰非君臣三略曰含氣之類咸願得志莫不叩心絶氣行號巷哭新序

子貢曰子產死國人聞之皆叩心流涕曰子產已死吾將安歸皆巷哭況臣等荷寵三世位厠鼎司三世謂邁至琨也王隱晉書曰琨祖邁相國參軍父蕃太子洗馬侍御史鼎司謂司空也謝承後漢書序曰王龔幹事遂陟鼎司承問震惶精爽飛越謝承後漢書竇武上疏曰奉承詔命精爽隕越且悲且惋五情無主五情已見上謝平原內史表注莊子葉公見龍失其魂魄五情無主舉哀朔垂上下泣血謝承後漢書胡母班書曰董卓起朔垂毛詩曰鼠思泣血臣琨臣磾頓首頓首死罪死罪臣聞昬明迭用否泰相濟昬明謂晝夜也文子曰春秋之代謝日月之晝夜孫卿子曰日月遞照周易曰泰者通也物不可終通故受之以否天命未改歷數有歸左氏傳王孫滿謂楚子曰周德雖衰天命未改書曰天之歷數在爾躬或多難以固邦國或殷憂以啓聖明左氏傳曰楚使椒舉如晉求諸侯晉侯欲勿許司馬侯曰不可鄰國之難不可虞也或多難以固其國啓其疆土齊

有仲孫之難而獲桓公至今賴之晋有里丕之難而獲文公是以爲盟主也韓詩曰耿耿不寐如有殷憂啓聖見下注

齊有無知之禍而小白爲五伯之長

左傳曰初齊襄公立無常鮑叔牙曰君使民慢亂將作矣奉公子小白出奔莒亂作管夷吾召忽奉公子糾來奔雍廩殺無知公伐齊納子糾桓公自莒先入

晋有驪姬之難而重耳主諸侯之盟

左傳曰初晋獻公以驪姬爲夫人夫人譖太子太子縊于新城遂譖二公子曰皆知之重耳奔蒲夷吾奔屈漢書路温舒曰齊有無知之禍而桓公以興晋有驪姬之難而文公用伯繇是觀之禍亂之作將以開聖人也

社稷靡安必將有以扶其危

鹽鐵論曰定傾扶危

黔首幾絶必將有以繼其緒

史記曰秦更民名曰黔首

伏惟陛下玄德通於神明聖姿合於兩儀

陛下謂元帝也書曰玄德升聞乃命以位孝經援神契曰十世升平至德通神明兩儀天地也易曰易有太極是生兩儀

應命代之期紹千載之運

孟子曰五百年必有王者興其間必有名世者

也廣雅曰命名也桓子新論曰夫聖人乃千載一出賢人君子所想思而不可得見也夫符瑞之表天人有徵東觀漢記群臣上奏世祖曰符瑞之應昭然著聞矣中興之兆圖讖垂典自京畿隕喪九服崩離曹子建責躬詩曰得會京畿周書曰乃辨九服之國方千里曰王圻其外曰侯服甸服男服采服衛服蠻服夷服鎮服蕃服論語子曰邦分崩離析天下囂然無所歸懷班固漢書贊曰海内囂然喪其樂生之心雖有夏之遘夷羿宗姬之離犬戎蔑以過之左氏傳曰魏絳對晉侯曰昔有夏之方衰也后羿自鉏遷于窮石因夏人以代夏政又曰夷羿收之杜預曰夷氏也史記曰幽王嬖愛褒姒竟廢后立褒姒爲后廢后父申侯乃與西夷犬戎共攻幽王遂殺幽王驪山之下陛下撫寧江左奄有舊吳王隱晉書曰元帝琅邪共王之長子永興元年就國二年加揚州諸軍事韋孟諷諫詩曰撫寧遐荒江左江東也春秋歷序曰東方爲左毛詩曰奄有龜蒙柔服以德伐叛以刑左氏傳晉隨武子曰伐叛

刑也柔服德也抗明威以攝不類杖大順以肅宇内尚書曰我有周佑命將天明威漢書音義曰攝安也禮記曰天子以德爲車以樂爲御諸侯以禮相與大夫以法相序天下之肥也是謂大順純化既敷則率土宅心義風既暢則遐方企踵尚書曰汝丕遠惟商耇成人宅心知訓劇秦美新曰海外遐方延頸企踵百揆時叙于上四門穆穆于下書曰納于百揆百揆時叙賓于四門四門穆穆昔少康之隆夏訓以爲美談左氏傳伍員謂吳子曰昔有過澆滅夏后相后緡方娠逃出自竇歸于有仍生少康焉爲仍牧正以收夏衆使女艾諜澆遂滅過戈復禹之績澆五叫切公羊傳曰魯人至今以爲美談宣王之興周詩以爲休詠毛詩序曰烝民尹吉甫美宣王也任賢使能周室中興焉況茂勳格于皇天清輝光于四海尚書曰昔成湯既受命時則有若伊尹格于皇天孝經曰孝悌之至通于神明光于四海蒼生顒然莫不欣戴尹文子曰堯德化布于四海仁惠被于蒼

生淮南子曰聖人呼吸陰陽之氣而群生莫不喁喁然仰其德以和順國語祭公謀父曰商王大惡庶人不忍欣戴武王聲教所加願爲臣妾者哉尚書曰朔南暨聲教史記張良曰百姓莫不願爲臣妾且宣皇之裔惟有陛下王隱晉書曰元皇帝宣帝之曾孫左傳介之推曰獻公之子九人惟君在矣億兆攸歸曾無與二尚書曰受有億兆夷人晏子春秋晏子謂魯哀公曰君矯魯國化而爲一心君曾无與二何暇有三乎天祚大晉必將有主主法言曰昔在有熊高辛唐虞三代咸有顯德故天因而祚之左傳介晉祀者非陛下而誰之推曰天未絕晉必將有主主晉祀者非君而誰是以邇無異言遠無異望漢書曰霍光以內外異言左傳叔向曰我先君文公人從而與之獻无異親民无異望矣謳歌者無不吟詠徽猷獄訟者無不思于聖德孟子曰堯崩三年之喪畢舜讓避丹朱於南河之南天下朝覲訟獄者不之堯之子而之舜謳歌者不謳歌堯之子而謳歌舜曰天也夫而後歸中國踐

天子之位焉詩曰君子有徽猷荅賓戲曰用納乎聖德天地之際既交華裔之情允洽封禪書曰天人之際已交上下之情允洽左傳孔子曰裔不謀夏夷不亂華一角之獸連理之木以爲休徵者盖有百數春秋感精符曰麟一角明海內共一主也王者不刳胎不剖卵則出於郊孝經援神契曰德至草木則木連理尚書有休徵西都賓曰麃乎斯列者盖以百數冠帶之倫要荒之衆冠帶謂中國也西蜀父老曰封彊之內冠帶之倫尚書曰五百里要服五百里荒服也不謀而同辭者動以萬計周書曰不謀同辭會於武王郊下羽獵賦曰杖莫邪而羅者万計矣是以臣等敢考天地之心因函夏之趣昧死以上尊號漢書楊雄河東賦曰函夏之大漢書又曰諸侯昧死再拜言上尊號願

陛下存舜禹至公之情狹巢由抗矯之節以社稷爲務不以小行爲先東觀漢記群臣上奏世祖曰大王社稷爲計万姓爲心漢書賈誼上書曰人主

之行異布衣布衣節小行以自託於鄉黨人主惟社稷固爾以黔首爲憂不以克讓
爲事書曰允恭克讓上以慰宗廟乃顧之懷下以釋普天傾首
之望詩曰乃眷西顧又曰溥天之下漢書翟義曰天下傾首服從莫能抗扞國難則所謂生
繁華於枯荑育豐肌於朽骨易曰枯楊生稊王弼曰稊者楊之秀稊与荑通左傳
蘧子馮曰所謂生死而肉骨神人獲安無不幸甚尚書帝曰夔命汝典樂神人以和
漢書漢王曰以韓信爲大將軍蕭何曰幸甚臣琨臣磾頓首頓首死罪死罪
臣聞尊位不可久虛萬機不可久曠史記李斯曰明主聖皇所能久馭尊
位東觀漢記諸將上奏世祖曰帝王不可以久曠虛之一日則尊位以殆曠之
浹辰則萬機以亂公羊傳曰緣臣之心不可一日无君左氏傳君子曰莒恃陋不修其城郭
浹辰之間而楚尅其二都杜預曰浹辰十二日也方今鍾百王之季當陽九之

會曹植九詠章句曰鍾當也班固漢書贊曰漢承百王之弊左傳叔向問晏子曰齊其何如晏子曰此季世也漢書曰陽九之厄曰初入百六陽九音義曰易傳所謂陽九之厄百六之會狡寇窺窬伺國瑕隙左氏傳師服曰民服其上下无覬覦杜預曰下不冀望上位也窬與覦同杜預左傳注曰狡猾也說文曰窺小視也又曰覦欲也毛萇詩傳曰瑕猶過也隙閒隙也齊人波蕩無所繫心安可以廢而不恤哉漢書曰富人博戲亂齊人如淳曰齊民齊等無有貴賤故謂之齊若今平民也范曄後漢書李熊說公孫述曰方今四海波蕩匹夫橫議谷永集曰國家久無繼嗣天下无所繫心陛下雖欲逡巡其若宗廟何其若百姓何公羊傳曰齊侯逡巡而謝范曄後漢書馬武謂世祖曰大王雖欲執謙退奈宗廟社稷何昔惠公虜秦晉國震駭呂郤之謀欲立子圉外以絕敵人之志內以固闔境之情故曰喪君有君群臣輯穆好我者勸惡我者懼左傳僖十五年

晉與秦戰于韓原秦伯獲晉侯以歸乃許晉平晉侯使郤乞告瑕呂飴甥且召之呂甥曰將若君何衆皆曰何爲而可對曰征繕以輔孺子諸侯聞之喪君有君羣臣輯睦甲兵益多好我者勸惡我者懼庶有益乎莊子曰方二千餘里圜四境之內前事之不忘後代之元龜也戰國策張孟談謂趙襄子曰前事之不忘後事之師也吳志魏文帝策命孫權曰前代之懿事後王之元龜陛下明並日月無幽不燭家語孔子曰所謂聖者明並日月東都賦曰散皇明以燭幽深謀遠慮出自胷懷過秦論曰深謀遠慮行軍用兵之道不及曩時之士也不勝犬馬憂國之情遲覲人神開泰之路史記丞相翟青曰臣不勝犬馬心是以陳其乃誠布之執事左氏傳晉使呂相絕秦曰敢盡布之執事臣等各忝守方任職在遐外不得陪列闕庭共覩盛禮踊躍之懷南望罔極謹上臣琨謹遣兼左長史右司馬臣溫嶠王隱晉書曰溫嶠字泰真太原人也劉琨假守左長史西臺除司

空右司馬五年琨使詣江南主簿臣辟閭訓臧榮緒晉書曰辟閭訓字祖明樂安人也没石勒爲幽州刺史臣磾遣散騎常侍征虜將軍清河太守領右長史高平亭侯臣榮劭晉百官名曰榮劭字茂世北平人爲清河太守輕車將軍關内侯臣郭穆百官名曰郭穆字景通没胡中奉表臣琨臣磾等頓首頓首死罪死罪

文選卷第三十七

賜進士出身通奉大夫江南蘇松常鎮太等處承宣布政使司布政使胡克家重校刊

文選卷第三十八

梁昭明太子撰

文林郎守太子右内率府録事參軍事崇賢館直學士臣李善注上

表下

爲范尚書讓吏部封侯表

爲蕭揚州薦士表

爲褚蓁讓代兄襲封表

爲范始興作求立太宰碑表

爲吴令謝詢求爲諸孫置守冢人表 孫盛晉陽秋曰謝詢河東人終於吴令

張士然 孫盛晉陽秋曰張悛字士然吴國人也元康中吴令謝詢表爲孫氏置守冢人悛爲其文詔從之晉百官名曰悛爲太子庶子

臣聞成湯革夏而封杞武王入郼而建宋 尚書曰乃爾先祖成湯革夏駿命漢書酈生曰昔湯放桀封其後於杞呂氏春秋曰武王入郼立成湯之後於宋 春秋征伐

則晉脩虞祀燕祭齊廟左氏傳曰晉滅虢遂襲虞滅之而修虞祀歸其職貢於王傳子曰樂毅伐齊遂下齊七十餘城置吏屬燕爲郡而修齊之宗廟夫一國爲一人興先賢爲後愚廢成湯夏禹賢興國後桀紂無道而失國誠仁聖所哀悼而不忍也故三王敦繼絕之德春秋貴柔服之義論語曰繼絕世柔服已見劉琨勸進表昔漢高受命追存六國凡諸絕祚一時並祀漢書曰高祖撥亂猶修祀六國又詔曰秦皇帝楚隱王魏安釐王齊愍王趙悼襄王皆絕亡後其與秦始皇帝守冢三十家趙及魏公子亡忌各五家令視其冢復亡與它事親與項羽對爭存亡逮羽之死臨哭其喪漢書灌嬰斬項羽東城漢王爲發喪哭臨而去將以位旹侔尊力旹均勢雖功奪其成而恩與其敗且暴與疾顛禮之若舊班固漢書項羽贊曰舜重瞳子項羽又重瞳子豈其苗裔邪何其興之暴也國語單

襄公曰高位寔疾顛殘戮之尸乃以公葬漢書曰初懷王封羽爲魯公乃以魯公禮葬羽於穀城若使羽位承前緒世有哲王一朝力屈全身從命則楚廟不隳有後可冀伏惟大晉應天順民武成止戈應天順民已見上左氏傳楚子謂潘黨曰夫文止戈爲武西戎有即序之人京邑開吳蜀之館書曰織皮崐崘析支渠搜西戎即叙洛陽故宮名曰馬市在城東吳蜀二主館與相連興滅加乎萬國繼絶接于百世論語子曰興滅國繼絶世雖三五引道商周稱仁洋洋之義未足以喻是以孫氏雖家失吳祚而族蒙晉榮子弟量才比肩進取懷金侯服佩青千里懷金已見上謝平原內史表佩青已見上求通親親表毛詩曰侯服于周天命靡常東觀漢記楊喬曰臣伏念二千石典牧千里當時受恩多有過望臣聞春雨潤

木自葉流根鴟鴞恤功愛子及室毛詩曰鴟鴞鴟鴞既取我子無毀我室故天稱罔極之恩聖有綢繆之惠罔極已見上求通親親表毛詩曰徹彼桑土綢繆牖戶追惟吳僞武烈皇帝吳志孫堅字文臺吳郡人蓋孫武後也權既稱尊号謚堅曰武烈皇帝遭漢室之弱值亂臣之強首唱義兵先衆犯難破董卓於陽人濟神器於甄井吳志曰堅屯梁東爲卓軍所攻潰圍而出堅復合戰於陽人大破卓軍漢書音義韋昭曰神器天子璽符也吳書曰初堅入洛軍城南甄官井上每旦有五色氣舉軍驚怪莫敢汲堅命人浚探得漢傳國璽文曰受命于天既壽永昌方圓四寸上紐交五龍龍上一角缺甄音真威震群狄名顯往朝桓王才武弱冠承業吳志曰孫策字伯符堅子也權稱尊号追謚策曰長沙桓王招百越之士奮鷹揚之勢漢書曰故衡山王芮從百越之兵以佐諸侯誅暴秦詩曰維師尚父時維鷹揚西赴許都將迎幼

主雖元勳未終然至忠已著吴志曰曹公與袁紹相距於官渡策陰謀襲許迎漢帝未發爲故吴郡太守許貢客所殺夫家積義勇之基世傳扶危之業進爲徇漢之臣退爲開吴之主而蒸嘗絶於三葉園陵殘於薪采爲采薪者所踐毁也臣竊悼之伏見吴平之初明詔追録先賢欲封其墓愚謂二君並宜應書二君堅策也故舉勞則力輸先代論德則惠存江南正刑則罪兆晉寇從坐則異世已輕若列先賢之數蒙詔書之恩裁加表異以寵亡靈則人望克厭誰不曰宜二君私奴多在墓側今爲平民乞差五人蠲其徭役使四時修護頽毁掃除塋壟永以爲常

讓中書令表 諸晉書並云讓中書監此云令恐誤也

庾元規 何法盛晉書穎川庾録曰亮字元規爲中書郎肅祖欲使爲中書監上疏肅祖納亮言封永昌公後遷司馬録尚書事薨

臣亮言臣凡庸固陋少無檢操昔以中州多故舊邦喪亂 中州爲洛陽庾氏穎川人近洛陽故云中州舊邦 隨侍先臣遠庇有道爰客逃難求食而已 何法盛晉書曰亮父琛爲會稽太守亮少隨父會稽又曰中宗爲鎮東將軍鎮建鄴論語季康子以就有道孔安國尚書序曰逃難解散 不悟徼時之福遭遇嘉運先帝龍興乘異常之顧 先帝謂中宗元帝也尚書序曰漢室龍興 既眷同國士又申之婚姻 何法盛晉書曰中宗欽亮名德故申婚姻又曰中宗娉亮妹爲皇太子妃國士婚姻已見懷舊賦 遂階親寵累忝非服弱冠濯纓沐浴玄風 孟子曰滄

浪之水清兮可以濯我纓沐浴已見上求自試表注頻繁省闥出總六軍何法盛晉書曰王敦表亮爲中領軍十餘年間位超先達無勞被遇無與臣比小人祿薄福過災生止足之分臣所宜守老子曰知足不辱知止不殆而偷榮昧進日爾一日謗讟既集上塵聖朝始欲自聞而先帝登遐先帝謂元帝也登遐已見上文區區微誠竟未上達陛下踐祚聖政維新臧榮緒晉書曰明帝諱紹字道畿元帝太子也禮曰成王幼不能莅祚周公作相踐祚而治詩曰周雖舊邦其命維新宰輔賢明庶寮咸允康哉之歌實在至公康哉之歌已見景福殿賦仲長子昌言曰人主臨之以至公行之以至仁而國恩不已復以臣領中書臣領中書則示天下以私矣何者臣於陛下后之兄也王隱晉書曰明穆皇后庾氏字文君琛第二女生成帝孫盛晉陽秋曰庾亮明穆皇后之

兄也姻婭之嫌實與骨肉中表不同雖太上至公聖德無私老子曰太上下知有之河上公曰太上謂太古無名之君也無私已見上求通親親表注然世之喪道有自來矣悠悠六合皆私其姻者也人皆有私則謂天下無公矣是以前後二漢咸以抑后黨安進婚族危向使西京七族東京六姓西京七族已見西京賦東京六姓章德竇后和熹鄧后安思閻后桓思竇后順烈梁后靈思何后皆非姻黨各以平進縱不悉全決不盡敗今之盡敗更由姻昵臣歷觀庶姓在世無黨於朝無援於時植根之本輕也薄也苟無大瑕猶或見容至於外戚憑託天地勢連四時根援扶疎重矣大矣而財居權寵四海側目漢書曰列侯宗室見郅都側目而視也事有不允罪

不容誅身既招殃國爲之弊其故何邪直由婚媾之私群情之所不能免故率其所嫌而嫌之於國是以疏附則信姻進則疑疑積於百姓之心則禍成重闉之内矣此皆往代成鑒可爲寒心者也夫萬物之所不通聖賢因而不奪冒親以求一才之用未若防嫌以明公道韓詩外傳曰公道達而私門塞今以臣之才兼如此之嫌而使内處心膂音呂外揔兵權尚書穆王曰今命汝作朕股肱心膂賈逵國語注曰膂脊也以此求治未之聞也以此招禍可立待也孫卿子曰亂則危辱滅亡可立而待也雖陛下二相明其愚歟二相王敦王導也王隱晉書曰王敦字處仲中宗時爲大將軍謀逆肅祖以爲丞相不受又曰王導字茂弘中宗時爲侍中肅祖即位敦平進太保不拜後爲丞相朝士

百寮頗識其情天下之人何可門到戶說使皆坦然邪孝經曰君子之教以孝非家至而日見之鄭𤣥曰非門到户至而見之楚辭曰衆不可户說兮孰云察予之中情尚書序曰坦然明白夫富貴寵榮臣所不能忘也刑罰貧賤臣所不能甘也今恭命則愈違命則苦臣雖不違何事背時違上自貽患責邪實仰覽殷鑒亹己知弊毛詩曰殷鑒不遠在夏后之世身不足惜爲國取悔是以悾悾屢陳丹款曹大家蟬賦曰復丹款之未足留滯恨乎天際也而微誠淺薄未垂察諒憂惶屏營不知所厝屏營已見上謝平原内史表以臣今地不可以進明矣且違命已久臣之罪又積矣歸骸私門以待刑書漢書曰彭宣上書乞骸骨歸鄉里私門已見本篇注尚書曰哀矜折獄明啓刑書願陛下垂天地之鑒察臣

之愚則雖死之日猶生之年矣

薦譙元彦表孫盛晉陽秋曰譙秀字元彦巴西人譙周孫性清不交於俗李雄盜蜀安車徵秀秀不應躬耕山藪桓溫平蜀反役上表薦秀

桓元子何法盛晉書曰桓溫字元子譙國人爲琅邪王文學後進位大司馬薨

臣聞太朴既虧則高尚之標顯易曰不事王侯高尚其事道喪時昏則忠貞之義彰道喪已見江淹雜體詩左氏傳荀息曰公家之利知無不爲忠也送往事居耦俱無猜貞也故有洗耳投淵以振玄邈之風洗耳許由也琴操曰堯大許由之志禪爲天子由以其不善乃臨河洗耳莊子曰舜以天下讓其友北人無擇北人無擇曰異哉后之爲人也欲以其辱行慢我吾羞見之因自投清泠之淵亦有秉心矯迹以敦在三之節國語曰晉武公伐翼弒哀侯止欒子曰苟無死矣吾令子爲上卿辭曰成聞之人生於三事之如一父生之師教

之君食之韋昭曰三君父師也是故上代之君莫不崇重斯軌所以篤俗訓民靜一流競魏書文帝令曰樹德垂聲崇化篤俗伏惟大晉應符御世應符已見上文論語比考讖曰聖王御世河龍負卷舒圖運無常通時有屯蹇神州丘墟三方圮裂神州見吳都賦注兎罝絶響於中林白駒無聞於空谷毛詩曰肅肅兎罝施于中林鄭玄曰兎罝之人能恭敬則是賢者衆多也又曰皎皎白駒在彼空谷生芻一束其人如玉斯有識之所悼心大雅之所嘆息者也劉歆移書曰有識之所歎愍阮瑀爲曹公與孫權書曰大雅之人不肯爲此陛下聖德嗣興方恢天緒何法盛晉書曰孝宗穆帝諱聃字彭子康帝崩乃即位臣昔奉役有事西土鯨鯢既懸思宣大化何法盛晉書曰李勢盜蜀溫伐勢勢出軍戰于柞橋軍敗面縛請命鯨鯢喻李勢也鯨鯢已見上文謝脁八公山詩訪諸故老搜揚潛逸庶武

羅於羿浞之墟想王蠋音蜀於亡齊之境左氏傳魏絳曰昔后羿因夏人以代夏政棄武羅伯因熊髡尨圉而用寒浞寒浞伯明氏之讒子弟也虞羿于田以取其國家杜預曰四子皆羿之良臣也史記曰燕之初入齊聞晝邑人王蠋賢令軍中曰環晝邑三十里毋入以王蠋之故已而使人謂蠋曰齊人多高子之義吾以爲將封子萬家蠋固謝燕人曰子不聽吾引三軍而屠晝邑王蠋曰忠臣不事二君貞女不更二夫齊王不聽吾諫則退而耕於野國既破亡吾不能存今又刼之以兵爲君將是助桀爲暴也與其生無義固不如享名遂經其頭於樹枝自奮絶脰而死竊聞巴西譙秀植操貞固易曰貞固足以幹事抱德肥遯揚清渭波文子曰養生以經世抱德以終年可謂體道矣楚辭曰淈其泥而揚其波渭水已見西征賦于時皇極遘道消之會群黎蹈顛沛之艱道消顛沛已見謝平原内史表中華有顧瞻之哀幽谷無遷喬之望毛詩曰顧瞻周道中心怛兮遷喬已見劉琨答盧諶詩凶命屢招姦威仍

逼孫盛晉陽秋曰李雄安車徵秀雄叔父驤驤子壽辟命皆不應也身寄虎吻危同朝露莊子孔子曰丘幾不免虎口哉朝露已見上求自試表而能抗節玉立誓不降辱琴操莊周歌曰避世俟道志潔如玉論語子曰不降其志不辱其身伯夷叔齊與杜門絕迹不面僞庭進免龔勝亡身之禍退無薛方詭對之譏漢書曰王莽既簒遣使者奉璽書太子師及祭酒印綬安車駟馬迎龔勝勝自知不見聽即謂門人高暉曰吾受漢室厚恩無以報今老矣旦暮入地誼豈以一身事二姓下見故主哉語畢遂不復開口飲食積十四日死時年七十九矣又曰薛方字子容王莽以安車迎方方因使者辭謝曰堯舜在上下有巢許今明主方隆唐虞之德亦猶小臣欲守箕山之節也使者以聞莽說其言不強致說音悅雖園綺之棲商洛管寧之默遼海漢書曰園公綺季當秦之世避而入商洛深山管寧遼東已見謝眺郡內登望詩博物志廉翻夢人謂己曰余孤竹君之子遼海漂吾棺槨也方之於秀殆無以過于今西

士以爲美談（西土蜀也）夫旌德禮賢化道之所先崇表殊節聖喆之上務方今六合未康豺豕當路遺黎偷薄義聲弗聞（漢書曰偷薄之政自是滋矣魏志崔琰書諫文帝曰盤遊滋侈義聲不聞）益宜振起道義之徒以彰流遯之弊若秀蒙蒲帛之徵（漢書曰武帝初即位使使者束帛加璧安車以蒲輪駕駟迎申公也）足以鎮靜頹風軌訓囂俗（魏文帝令曰道薄於當年風頹於百代）幽遐仰流九服知化矣（周書曰乃辨九服之國）

解尚書表（檀道鸞晉陽秋曰桓玄借位仲文以佐命親貴帝初反正抗表自解）

殷仲文

臣聞洪波振壑川無恬鱗（魏略王脩奏記曰消流之水無洪波之勢七發曰橫暴之極魚鱉失勢顛倒偃側也）驚飈拂野林無靜柯（家語吾丘曰樹欲靜而風搖之）何者

勢弱則受制於巨力質微則莫以自保於理雖可得而言於臣寔所敢喻昔桓玄之世誠復驅迫者衆至於愚臣罪實深矣進不能見危授命忘身殉國論語子張問士子曰見危致命見利思義司馬遷荅任少卿書曰李陵常思奮不顧身以殉國家之急退不能辭粟首陽拂衣高謝史記曰伯夷叔齊恥武王伐紂義不食周粟隱於首陽山遂乃宴安昬寵叨昧僞封左傳曰宴安酖毒不可懷也錫文篡事曾無獨固曾無固守之節亦從於衆也晉中興書曰詔加桓玄爲楚王備九錫之禮玄到姑孰朝臣勸進玄遂篡位名義以之俱淪情節自茲無撓宜其極法以判忠邪鎮軍臣裕鎮軍宋高祖也匡復社稷大引善貸馮衍與田邑書曰左平山東右匡社稷老子曰夫惟道善貸且成佇一戮於微命申三驅於大信楚辭曰蜂蛾微命力何固

三驅已見東都賦既惠之以首領復引之以縶維左氏傳宋公曰若以大夫之靈得保首領以沒縶維已見上文于時皇輿否隔天人未泰用忘進退惟力是視惟力是視已見東京賦是以僶俛從事自同全人毛詩曰何有何無僶俛求之呂氏春秋曰任天下而不強此之謂全人高誘曰全人全德之人無虧闕也令宸極反正惟新告始反正已見謝靈運述祖德詩惟新已見庾元規讓中書令表憲章既明品物思舊禮曰仲尼憲章文武品物已見歎逝賦臣亦胡顏之厚可以顯居榮次尚書曰予心顏厚有忸怩乞解所職待罪私門私門已見上庾元規讓中書令表違謝闕庭乃心愧戀謹拜表以聞臣某云云

爲宋公至洛陽謁五陵表晉書曰義熙十二年洛陽平裕命修晉五陵置守備

傅季友

臣裕言近振旅河湄揚旍西邁左氏傳季文子曰中國不振旅蠻夷入伐詩曰居河之湄將屆舊京威懷司雍威懷已見潘岳關中詩太康地記曰司州司隸校尉治漢武帝初置其界本西得梁州之地今以三輔爲雍州河流遄疾道阻且長詩曰遡洄從之道阻且長加以伊洛榛蕪津塗久廢蜀志許靖與曹公書曰袁術方命圮族津塗四塞伐木通逕淹引時月東觀漢記曰岑彭伐樹木開道直出黎丘始以今月十二日次故洛水浮橋山川無改城闕爲墟宮廟隳頓鍾簴空列觀宇之餘鞠爲禾黍鞠爲茂草已見西征賦毛詩序曰過故宗廟宮室盡爲禾黍廛里蕭條雞犬罕音蕭條已見上西征賦東觀漢記曰北夷寇作無雞鳴狗吠之聲感舊永懷痛心在目劉琨荅盧諶詩曰哀我皇晉痛心在目以其月十

五日奉謁五陵郭緣生述征記曰北邙東則乾脯山山西南晉文帝崇陽陵陵西武帝峻陽陵邙之東北宣帝高原陵景帝峻平陵邙之南則惠帝陵也墳塋幽淪百年荒翳天衢開泰情禮獲申故老掩涕三軍悽感瞻拜之日憤慨交集行河南太守毛脩之等沈約宋書曰毛脩之字敬文滎陽人也高祖將伐羌爲河南河内二郡太守戍洛陽既開翦荆棘繕修毀垣左氏傳戎子駒支曰驅其狐狸翦其荆棘西京賦曰步毀垣而延竚職司既備蕃衛如舊伏惟聖懷遠慕兼慰不勝下情謹遣傳詔殿中中郎臣某奉表以聞

爲宋公求加贈劉前軍表沈約宋書曰劉穆之字道冲東莞人爲前將軍卒追贈儀同三司高祖又表於天子於是重贈侍中司徒封南昌縣侯

傅季友

臣聞崇賢旌善王教所先王隱晉書衛瓘上言曰崇賢舉善而教用彰謝承後漢書曰滕延拜京兆尹旌善爲務念功簡勞義深追遠尚書禹曰惟帝念功論語曰慎終追遠民德歸厚矣故司勳秉策在勤必記周禮曰凡有功者銘書於王之太常德之休明沒而彌著左氏傳王孫滿曰德之休明故尚書左僕射前軍將軍臣穆之爰自布衣協佐義始裴子野宋略曰高祖潛謀匡復署穆之主簿委以腹心內竭謀猷外勤庶政尚書曰爾有嘉謀嘉猷則入告爾后于內又曰庶政惟和萬邦咸寧密勿軍國心力俱盡韓詩曰密勿同心不宜有怒密勿僶俛也及登庸朝右尹司京畿沈約宋書曰穆之爲尚書左僕射又曰加丹陽尹尚書曰若時登庸敷讚百揆翼新大猷尚書曰納于百揆毛詩曰匪大猷是經惟邇言是聽頃戎車遠役居中作捍沈約宋書曰高祖北伐轉穆之左僕射甲仗五十人入居東城毛詩曰左旋右抽中軍作

好鄭玄曰居軍中爲容好也撫寧之勳實洽朝野識量局致棟幹之器也蜀志曰文帝察黃權有局量易曰棟隆之吉不橈于下也方宣贊盛化緝隆聖世志績未究遠邇悼心皇恩褒述班同三事蜀志曰偉度姓胡爲諸葛亮主簿故見褒述尚書曰三事大夫敬爾有官榮哀既備寵靈已泰論語子貢曰夫子其生也榮其死也哀寵靈已見江淹雜體詩臣伏思尋自義熙草創艱患未弭王隱晉書曰義熙安帝年號國語太子曰天禍至于今未弭乎外虞既殄內難亦荐沈約宋書曰義熙五年慕容超數爲邊患公抗表北伐公之北伐也徐道覆乃有闚闔之志勸盧循承虛而下循從之公羊傳曰君子避內難不避外難時屯世故靡有寧歲周易曰屯剛柔始交而難生又曰屯難也潘正叔迎大駕詩曰世故尚未夷國語姜氏告於公子曰子之行晉無寧歲臣以寡劣負荷國重實賴穆之匡翼之勳豈惟讜言嘉謀溢

臣聞崇賢旌善，王教所先。王隱晉書衛瓘上言曰崇賢舉善而教用彰謝承後漢書曰滕延拜京兆尹旌善爲務念功簡勞，義深追遠。尚書禹曰惟帝念功論語曰愼終追遠民德歸厚矣故司勳秉策，在勤必記。周禮曰凡有功者銘書於王之太常德之休明，沒而彌著。左氏傳王孫滿曰德之休明故尚書左僕射前軍將軍臣穆之，爰自布衣，協佐義始。裴子野宋略曰高祖潛謀匡復署穆之主簿委以腹心內竭謀猷，外勤庶政。尚書曰爾有嘉謀嘉猷則入告爾后于內又曰庶政惟和萬邦咸寧密勿軍國，心力俱盡。韓詩曰密勿同心不宜有怒密勿僶俛也及登庸朝右，尹司京畿。沈約宋書曰穆之爲尚書左僕射又曰加丹陽尹尚書曰若時登庸敷讚百揆，翼新大猷。尚書曰納于百揆毛詩曰匪大猷是經惟邇言是聽頊戎車遠役，居中作捍。沈約宋書曰高祖北伐轉穆之左僕射甲仗五十人入居東城毛詩曰左旋右抽中軍作好鄭玄曰居軍中爲容好也撫寧之勳，實洽朝野；識量局致，棟幹之器也。蜀志曰文帝察黄權有局量易曰棟隆之吉不橈于下也方宣讚盛化，緝隆聖世。志績未究，遠邇悼心，皇恩褒述，班同三事。蜀志曰偉度姓胡爲諸葛亮主簿故見褒述尚書曰三事大夫敬爾有官榮哀既備，寵靈已泰。論語子貢曰夫子其生也榮其死也哀寵靈已見江淹雜體詩臣伏思尋自義熙草創，艱患未弭。王隱晉書曰義熙安帝年號國語太子曰天禍至于今未弭乎外虞既殷，内難亦荐。沈約宋書曰義熙五年慕容超數爲邊患公抗表北伐公之北伐也徐道覆乃有闚閫之志勸盧循承虚而下循從之公羊傳曰君子避内難不避外難時屯世故，靡有寧歲。周易曰屯剛柔始交而難生又曰屯難也潘正叔迎大駕詩曰世故尚未夷國語姜氏告於公子曰子之行晉無寧歲臣以寡劣，負荷國重，實賴穆之匡翼之勳，豈惟讜言嘉謀，溢于民聽若乃忠規密謨潛慮帷幕造膝詭辭莫見其際穀梁傳曰士造辟而言詭辭而出范甯曰辟君也詭辭而出不以實告人也風俗通曰禮諫有五諷爲上故入則造膝出則詭辭禮曰善則稱君過則稱己王隱晉書曰樂廣任誠保素莫見其際事隔於皇朝功隱於視聽者不可勝記所以陳力一紀遂克有成國語狐偃曰畜力一紀可以遠矣又舅犯曰若克有成晉之柔嘉是甘出征入輔幸不辱命微夫人之左右未有寧濟其事者矣左氏傳重耳曰微夫人力之不及此爾雅曰左右助也寧濟已見曹植責躬詩履謙居寡守之彌固易曰九三勞謙君子有終吉王弼曰履得其位也每議及封爵輙深自抑絶所以勳高當年而茅土弗及三輔決録曰茂陵馬氏代襲茅土撫事永念胡寧可昧謂宜加贈正司追甄土宇俾忠貞之列不泯於身後大賚

所及汞秩於善人論語曰周有大賚善人是富臣契闊屯夷旋觀終始金蘭之分義深情感易曰二人同心其利斷金同心之言其臭如蘭是以獻其乃懷布之朝聽所啓上合請付外詳議

爲齊明帝讓宣城郡公第一表蕭子顯齊書曰明皇帝始安貞王道生子初太祖封西昌侯廢鬱林王海陵王封宣城郡公也

任彦昇

臣鸞言被臺司召以臣爲侍中中書監驃騎大將軍開府儀同三司楊州刺史録尚書事封宣城郡公開國公食邑三千户加兵五千人臣本庸才智力淺短毋丘儉表曰禹禼之朝不畜庸才東觀漢記李通上疏曰臣經術短淺智能空薄太祖高皇帝篤猶子之

愛降家人之慈蕭子顯齊書太祖高皇帝諱道成道生即太祖之弟也禮記曰兄弟之子猶子也蓋引而進之漢書曰齊悼惠王肥孝惠二年入朝帝與齊王燕飲太后前置齊王上坐如家人禮世祖武帝情等布衣寄深同氣蕭子顯齊書曰世祖武皇帝諱賾字宣遠太祖長子晉中興書庾亮上疏曰先帝謬顧情同布衣曹植求自試表曰與國分形同氣憂患共之武皇大漸實奉話言尚書王曰嗚呼疾大漸惟幾毛詩曰其惟哲人告之話言雖自見之明庸近所蔽韓子曰楚莊王欲伐越莊子曰伐越何也王曰以政亂兵弱莊子曰臣患知之如目見百步之外不能自見其頰故曰自見之謂明愚夫一至偶識量己劉劭人物志曰一至謂之偏材偏材小雅之質也爾雅曰偶遇也郭璞曰偶爾值也庾元規表曰仰覽殷鑑量己知弊實不忍自固於綴衣之扆拒違於玉几之側尚書顧命曰出綴衣於庭越翼日王崩玉几見下句遂荷顧託導揚末命又曰后憑玉几道揚末命雖嗣君棄常獲罪宣德

嗣君謂鬱林王也爲宣太后所廢左傳申繻曰人棄常而妖興漢書曰太后召昌邑王賀賀曰我安得罪而召我哉王室不造職臣之由不造已見嵆康幽憤詩職汝之由已見王仲宣贈文叔良詩何者親則東牟任惟慱陸漢書曰齊悼惠王子興居爲東牟侯又曰武帝遺詔封慱陸侯徒懷子孟社稷之對何救昌邑爭臣之譏漢書霍光奏曰昌邑王賀不可以承天緒當廢皇太后詔可王曰聞天子有爭臣七人雖无道不失天下光謝曰王行自絕於天臣寧負王不負社稷四海之議於何逃責且陵土未乾訓誓在耳曹植求自試表曰墳土未乾而身名並滅左傳晉穆嬴曰今君雖終言猶在耳家國之事一至於斯謂鬱林猖蹶顛躓也孫盛晉陽春秋曰郤超假還東簡文帝謂之曰致意尊公家國之事遂至於此非臣之尤誰任其咎毛詩曰發言盈庭誰敢執其咎將何以肅拜高寢虔奉武園寢廟已見吳都賦園陵已見上張士然表悼心失圖泣血待

旦左傳楚薳啓彊曰孤與二三臣悼心失圖尚書曰先王昧爽坐以待旦寧容復徼榮於家聦宴安於國危晉中興書曰卞壼表曰豈敢干祿位以徼時榮乎宴安已見上解尚書表驃騎上將之元勳神州儀刑之列岳漢書曰霍去病征匈奴有絕漠之勳始置驃騎將軍位在三公上班固衛青述曰長平桓桓上將之元神州已見上薦譙元彥表鄭氏毛詩箋曰儀則刑法也尚書古稱司會中書實管王言周禮曰司會中大夫二人鄭玄曰司會主天下之事若今之尚書耳沈約宋書曰置祕書令典尚書奏事文帝黃初初改爲中書令且虛飾寵章委成御侮王隱晉書曰武帝詔山濤曰勿復爲虛飾之煩詩曰予曰有禦侮臣知不愜物誰謂宜但命輕鴻毛責重山岳戰國策唐雎謂楚王曰國權輕於鴻毛而積禍重於山岳陽泉養性賦曰況性命之幾微如鴻毛之漂輕毋丘儉之遼東詩曰憂責重山岳誰能爲我擔存沒同歸毀譽一貫莊子曰哀公曰何謂材命仲尼曰存亡毀譽是事之變吳志周

勳與曹休書曰志行雖微存沒一節周易曰殊途而同歸書曰爲善不同同歸于治莊子老聃曰彼以死生爲一條以可不可爲一貫也辭一官不減身累增一職已黷朝經七略曰位累我躬賈逵國語注曰黷慢朝經也家語孔子曰治天下國家有九經其所以行者一也便當自同體國不爲飾讓穀梁傳曰大夫國體也何休曰君之卿佐是謂股肱故曰國體孫皓詔紀陟曰故特任使莫復飾讓至於功均一匡賞同千室論語孔子曰管仲相桓公一匡天下左傳曰晉侯滅赤狄潞氏晉侯賞桓子狄臣千室光宅近甸奄有全邦光宅已見吳都賦謝承後漢書曰周防及守近甸嘉端表應毛詩曰奄有龜蒙漢書淮南王上書曰淮南全國之時殄越爲期不敢聞命左傳齊侯對宰孔曰小白恐殞越于下亦頗曲留降鑒即垂順許鉅平之懇誠必固永昌之丹慊獲申鉅平羊祜永昌庾亮並見上表乃知君臣之道綽有餘裕孟子曰欲爲君盡君道欲爲臣盡臣道又曰

吾聞之也有官守者不得其職則去有言責者不得其言則去我無官守我無言責則吾進退豈不綽綽然有餘裕哉苟曰易昭敢守難奪故可庶心引議酌己親物者矣不勝荷懼屏營之誠謹附某官某甲奉表以聞臣諱誠惶誠恐

爲范尚書讓吏部封侯第一表范雲字彦龍與梁武同事齊竟陵王爲八友又與雲住處相近更增親密及爲天子以爲吏部尚書甚敬雲嘗語其二弟曰我昔與雲情同昆弟汝當爲我呼雲爲兄

任彦昇

臣雲言被尚書召以臣爲散騎常侍吏部尚書封霄城縣開國侯食邑千戸奉命震驚心顔無措臣雲頓首頓首

死罪死罪臣素門凡流輪翮無取張載贈虞子玠詩曰輶車運在輪飛骨須六翮進謝中庸退慙狂狷禮記仲尼曰君子中庸小人反中庸論語子曰狂者進取狷者有所不爲也固嘗鑽厲求學而一經不治漢書曰韋賢少子玄成復以明經歷位至丞相故鄒魯諺曰遺子黄金滿籯不如一經篆刻爲文而三冬靡就法言曰童子彫蟲篆刻漢書東方朔上書曰臣朔學書三冬文史足用負書燕魏空殫菽粟戰國策曰蘇秦説秦王書十上而説不納去秦而歸負書檐囊孟子曰聖人之治天下使菽粟如水火躡屩齊楚徒失貧賤史記曰虞卿躡蹻檐簦説趙孝成王徐廣曰蹻草履也韓詩外傳曰田子方謂魏太子曰貧賤可以驕人矣志不得則受履而適秦楚耳安往而不得吾貧賤乎既而分虎出守以囊被見嗤漢書文紀曰初與郡守爲銅虎符漢書曰王陽父子皆好車馬衣服其自奉養極爲鮮明及遷徙去處所載不過囊衣爾持斧作牧以薏苡興謗漢書曰暴勝之持斧逐捕盜賊周禮曰八命作

牧范曄後漢書曰吴祐父恢爲南海太守欲殺青簡以寫經書祐諫曰今大人踰越五嶺遠在海濱其俗誠陋然舊多珍怪上爲國家所疑下爲權戚所望此書若成則載之兼兩昔馬援以薏苡興謗王陽以衣囊徼名嫌疑之間誠先賢所慎也赭衣爲虜見獄吏之尊漢書賈山上書曰秦赭衣半道群盜蒲山又曰人有上書告周勃欲反下廷尉勃恐不知致辭勃以千金與獄吏獄吏乃書牘背示之曰以公主爲證勃既出曰吾嘗將百万軍然安知獄吏之貴也除名爲民知井臼之逸孫盛晋陽秋曰劉引顧望除名爲民東觀漢記曰馮敬通廢於家娶北地任氏女爲妻忌不得畜媵妾兒女常自操井臼也百年上壽既曰徒然莊子盜跖謂孔子曰人上壽百歳中壽八十如其誠說亦以過半亂離斯瘼欲以安歸毛詩曰亂離瘼矣爰其適歸薛君曰瘼散也閑門荒郊再離寒暑閑門已見恨賦毛詩曰載離寒暑兼以東皐數畒控帶朝夕秋興賦曰耕東皐之沃壤輸黍稷之餘稅朝夕已見江賦關外一區帳

望鍾阜漢書楊僕上書曰恥爲關外人又曰楊雄有宅一區蔡邕詩序曰暮宿河南悵望許慎曰鍾山北陸無日之地雒室無趙女而門多好事楊惲與孫會宗書曰婦趙女也雅善鼓瑟漢書曰楊雄素貧嗜酒人希至其門時有好事者載酒肴從遊學祿微賜金而懽同娛老賜金娛老謂疏廣也巳見張景陽詠史詩折芰燔枯此焉自足謝承後漢書曰鄭敬字次都釣魚大澤折芰而坐以蒲薦肉瓠瓢盈酒琴書自樂焚枯巳見應璩百一詩陛下應期萬世接統千祀莊子曰萬世之後而遇大聖知其解者是旦暮遇之也漢書司馬談曰今天子接千歲之統三千景附八百不謀周書曰湯放桀而歸於亳三千諸侯大會然後即天子之位又曰武王將渡河中流白魚入于王舟王俯取出涘以祭不謀同辭不期同時一朝會武王於郊下者八百諸侯臣釁等離心功勲同德尚書武王曰受有億兆夷人離心離德予有亂臣十人同心同德泥首在顏輿櫬未毀張温表曰臨去武昌庶得泥首闕下輿櫬即輿櫬也巳見潘安仁贈

陸機詩締構草昧敢叨天功締構見魏都賦易曰天造草昧鄭玄曰草草創也昧爽也左氏傳介之推曰竊人之財猶謂之盜況貪天之功以爲己力獄訟謳謌示民同志獄訟謳謌已見劉越石勸進表而隆器大名一朝揔集莊子曰語大功立大名此朝廷之士也左傳仲尼曰惟名與器不可以假人顧己反躬何以臻此正當以接開白水列宅舊豐光武居白水已見南都賦東觀漢記曰吳漢南陽人也爲人質厚少文上以其南陽人故親之漢書曰盧綰豐人也與高祖同里蕭曹等特以事見禮至其親幸莫及綰也忘捨講之尤存諸公之費東觀漢記曰初上學長安時過朱祐祐嘗留上須講竟乃談話及帝登位車駕幸祐第問主人得無去我講乎祐曰不敢又曰上初學長安南陽大人賢者往來長安爲之邸閤稽疑資用乏與同舍生韓子合錢買驢令從者僦以給諸公費俯拾青紫豈待明經漢書夏侯勝曰士病不明經苟明其取青紫如俛拾地芥臣雲頓首頓首死罪死罪夫銓衡之重關諸隆替

陸機顧譚誄曰遷吏部尚書才長於銓衡而綜核人物**遠惟則哲在帝猶難**尚書咨繇曰在知人禹曰咸若時惟帝其難之知人則哲能官人**漢魏已降達識繼軌雅俗所歸惟稱許郭**孫綽子或問雅俗曰判風流正位分涇渭殊流雅鄭異調題帖分明標榜可觀斯謂之雅俗矣范曄後漢書曰郭泰字林宗性明知人好獎訓士類其獎拔士人皆如所鑒又曰許劭字子將少峻名節好獎人倫多所賞識故天下言拔士者咸稱許郭**拔十得五尚曰比肩**習鑿齒襄陽耆舊傳記曰龐統爲郡功曹性好人倫每所稱述多過其中時人怪問之統曰方欲興長道業不美其談即聲名不足慕企即爲善者少今拔十失五猶得其半而可以崇邁世教使有志自厲不亦可乎戰國策曰淳于髡一日而見七人宣王曰寡人聞千里一士是比肩而至也今子一朝而見七人不亦衆乎**其餘得失未聞偶察童幼天機暫發顧無足算**魏志曰王脩識高柔於弱冠異王基於童幼天機已見文賦論語曰斗筲之人何足算也**在魏則毛玠公方居**

晉則山濤識量魏志曰毛玠字孝先陳留人也爲尚書僕射典選舉先賢行狀曰玠雅量公正魏氏春秋曰山濤爲選曹郎遷尚書以臣況之一何遼落世說袁彦伯曰江山遼落居然有萬里勢胥季陵遲官方淆亂毛詩序曰禮義陵遲莊子曰是非之塗森然淆亂鴻都不綱西園成市華嶠後漢書曰元和元年置鴻都門學其諸生皆勑州郡三公舉用辟召或出爲刺史太守入爲尚書侍中乃有封侯賜爵者士君子皆耻與爲列焉漢記曰靈帝即位太后臨朝於西園賣官自閔內侯以下入錢各有差金章有盈笥之談華貂深不足之歎金章盈笥未詳虞預晉錄曰趙王倫篡位時侍中常侍九十七人每朝小人滿庭貂蟬半座時人謡曰貂不足狗尾續草創惟始義存改作恭己南面責成斯在論語子曰舜夫何爲哉恭己正南面而已淮南子曰人主之術責成而不勞豈宜妄加寵私以忝王事附蟬之飾空成寵章董巴輿服志曰侍中中常侍冠武弁大冠加金璫附蟬

爲文求之公私授受交失近世侯者功緒參差或足食關中或成軍河内漢書曰蕭何以丞相留收巴蜀使給軍食漢王擊楚何守關中後爲酇侯范曄後漢書曰上拜寇恂河内太守上謂恂曰河内完富吾將因是而起昔高祖留蕭何鎮關中今吾委公以河内後封雍奴侯或制勝帷幄或門人加親漢書高祖曰夫運籌於帷帳之中決勝千里之外吾不如子房可封留侯東觀漢記曰拜前將軍鄧禹爲大司徒制曰孔子曰自吾有回也門人日以親封禹爲酇侯或與時抑揚或隱若敵國班固漢書叔孫通述曰叔孫奉常與時抑揚稅介免冑禮義是創通爲稷嗣君也東觀漢記曰吳漢自初從征伐兵有不利軍營不如意漢常獨繕檠弓戟上時令人視吳公何爲還言方作攻具上曰差強人意隱若一敵國矣封漢廣平侯或策定禁中東觀漢記曰殤帝崩惟安帝宜承大統車騎將軍鄧騭定策禁中封騭爲上蔡侯漢或功成野戰書鄂千秋曰曹參雖有野戰略地之功此特一時之事又曰賜參爵列侯食邑平陽或盛德如卓

茂或師道如栢榮東觀漢記曰卓茂字子容南陽人也漢官儀注曰世祖中興特擢盛德南陽卓茂爲太傅封宣德侯東觀漢記曰桓榮字春卿沛國人也治歐陽尚書事九江朱文剛窮極師道賜榮爵關內侯或四姓侍祠已無足紀應劭漢官典職曰四姓侍祠侯顔氏家訓曰漢明帝時外戚有樊氏郭氏陰氏馬氏是爲四姓謂之小侯者或以侍祠非列侯故曰小侯五侯外戚且非舊章漢書曰成帝昔封舅王譚王立王根王逢時王商爲列侯五人同日封故世謂之五侯而臣之所附惟在恩澤漢書恩澤侯表曰公孫弘自海瀕而登宰相寵以列侯之爵既義異疇庸實榮乖儒者陸機高祖功臣頌曰帝疇爾庸後嗣是膺雖小人貪幸豈獨無心臣本自諸生家承素業東觀漢記相者謂班超曰祭酒布衣諸生耳董仲舒不遇賦曰若不反身於素業莫隨世而轉輪門無富貴易農而仕東方朔戒子書曰飽食安步以仕易農乃祖玄平道風秀世晉中興書曰范汪字玄平善言

玄理爲吏部郎徙吏部尚書徐兖二州刺史爰在中興儀刑多士中興謂元帝也位裁元凱任止牧伯尚書即古元凱也刺史即古牧伯也左傳太史克曰昔高陽氏有才子八人蒼舒隤敳檮戭大臨尨降庭堅仲容叔達謂之八凱高辛氏有才子八人伯奮仲堪叔獻季仲伯虎仲熊叔豹季貍謂之八元高祖少連夙秉高尚王僧孺范氏譜曰汪生少連所富者義所乏者時富義謂段干木巳見魏都賦漢書文帝曰惜李廣不逢時薄宦東朝謝病下邑王僧孺范氏譜曰少連太子舍人餘抗令先志不忘愚臣是庶且去歲冬初國學之老博士耳今茲首夏將亞冢司劉璠梁典曰齊永元初雲爲廣州刺史因廢家居久之爲國子博士梁書曰天監元年雲還散騎常侍吏部尚書雖千秋之一日九遷荀爽之十旬遠至東觀漢記馬援與楊廣書曰車丞相高寢郎一月九遷爲丞相者知武帝恨誅衛太子上書訟之然日當爲月字之誤也范曄後漢書荀爽字慈明獻

帝即位董卓輔政徵爽爽欲遁吏持之急不得去因復就拜平原相行至宛陵復追爲光祿勳視事三日進拜司空爽自被徵命及登台司九十五日方之微臣未爲速達臣雖無識惟利是視至於虧名損實爲國爲身尚書伊尹曰臣爲上爲德爲下爲民知其不可不敢妄冒陛下不棄菅蒯愛同絲麻左氏傳君子曰詩云雖有絲麻無棄菅蒯雖有姬姜無棄憔悴儻平生之言猶在聽覽宿心素志無復貳辭嵇康幽憤詩曰內負宿心王隱晉書甄彬奏曰不宜違人之素志矜臣所乞特迴寵命則彝章載穆微物知免臣今在假不容詣省不任荷懼之至謹奉表以聞臣雲誠惶以下

爲蕭揚州薦士表

蕭子顯齊書曰始安王遥光爲揚州刺史劉璠梁典曰齊建武初有詔舉士始安王表薦琅邪王暕及王僧孺

任彥昇

臣王言：臣聞求賢暫勞，垂拱永逸，呂氏春秋曰：賢主勞於求人，而佚於治事。方之疏壤，取類導川。孟子曰：舜使禹疏九河，禹掘地而注之海。國語太子晉曰：伯禹疏川導滯。伏惟陛下道隱旒纊，信充符璽，老子曰：大象無形，道隱無名。河上公注曰：道潛隱，使人無能指名也。大戴禮孔子曰：古者絻而前旒，所以蔽明也；黈纊塞耳，所以掩聽也。絻，古冕字。絖，古纊字，音義並同。莊子曰：聖人治天下，爲符璽以信之。六飛同塵，五讓高世。漢書爰盎謂文帝曰：陛下有高世之行三：陛下從代乘六乘傳，馳不測之淵，雖賁育之勇，不及陛下。陛下至代邸，西向讓天子者三，南向讓者再。夫許由一讓，而陛下五以天下讓，過許由四矣。又曰：今陛下騁六飛，馳不測。老子曰：和其光，而同其塵。白駒空谷，振鷺在庭，白駒已見桓元子薦譙元彥表。毛詩曰：振鷺于飛，于彼西雝，我客戾止，亦有斯容。猶懼隱鱗卜祝，藏器屠保，司馬遷書曰：僕之先

人文史星歷近乎卜祝之間易曰君子藏器於身待時而動鷃冠子曰伊尹酒保太公屠牛海內荒亂立爲世師

物色關下委裘河上列仙傳曰關令尹喜內學老子西遊先見其氣知真人當過物色而遮之果得老子晏子曰治天下若委裘用賢委裘之實桓公聽管仲而趙襄子信王登此之謂委裘然委裘謂用賢也神仙傳曰河上公莫知其姓名也嘗讀老子道德經漢孝文帝駕從而詰之

非取製於一狐諒求味於兼采王褒講德論曰千金之裘非一狐之腋張璠易注序曰蜜蜂以兼采爲味

五聲倦響九工是詢鬻子曰昔者大禹治天下以五聲聽治九工已見王元長策秀才文

寢議廟堂借聽輿皁說苑晉東郭氏曰肉食者失計於廟堂藿食得不肝腦塗地班固漢書匈奴贊曰漢興忠言嘉謀之臣相與議事於廟堂之上左氏傳曰晉侯聽輿人之誦輿皁已見射雉賦

臣位任隆重義兼家邦實欲使名實不違徼倖路絕鄧析子曰循名責實君之事也奉法宣令臣之職也徼倖已見李令伯表

勢門上品猶當格

以清談說苑晏子曰陂池之魚入於勢門謝靈運宋書序曰下品無高門上品無賤族王隱晉書曰祖約清談平裁老而不倦英俊下僚不可限以位貌左太冲詠史詩曰世胄躡高位英俊沈下僚竊見祕書丞琅邪臣王暕年二十一字思晦七葉重光海内冠冕梁書曰儉子暕字思晦何之元梁典曰侍中領右驍騎王騫字思晦太尉文憲公長子也左僕射王暕字思寂文憲公次子也王筠爲騫碑亦云騫字思晦據此及梁書明梁典及碑誤也晉中興書曰王祥弟覽覽生道導道生洽洽生珣珣生曇首沈約宋書曰王僧綽曇首長子遇害子儉嗣也尚書曰宣重光晉中興書庾冰疏曰臣因循家寵冠冕當世神清氣茂允迪中和淮南子曰神清者嗜欲不能亂蔡洪張鏑狀曰鏑資氣早茂才幹足任尚書曰允迪厥德禮曰以樂德教國子中和祗庸孝友叔寶理遣之談彦輔名教之樂臧榮緒晉書曰衛玠字叔寶好言玄理拜太子洗馬常以人有不及可以情恕非意相干可以理遣故終身不見喜愠之容世說曰王平子胡毋彦國諸

人昔以放任爲達或去衣裸體樂廣曰名教中自有樂地何爲乃爾故以暉映先達領袖後進孫盛晉陽秋曰裴秀有風操十餘歲時人爲之語曰後進領袖有裴秀居無塵雜家有賜書韋昭吳書曰劉基不妄交遊門無雜賓漢書曰班彪幼與兄嗣共遊學家有賜書好古之士自遠方至辭賦清新屬言玄遠陸機陸雲别傳曰雲亦善屬文清新不及機而口辯持論過之臧榮緒晉書曰阮籍雖放誕不拘禮教然發言玄遠室邇人曠物踈道親毛詩曰其室則邇其人甚遠尹文子曰處名位雖不肖不患物不親己在貧賤不患物不踈己親踈係乎勢利不係乎不肖與仁賢也養素丘園台階虛位養素已見謝宣遠送孔令詩庠序公朝萬夫傾望孟子曰夏曰校殷曰序周曰庠學則三代共之曹植求通親親表曰執政不廢於公朝豈徒荀令可想李公不亡而已哉臧榮緒晉書曰荀顗字景倩潁陽人也魏太尉彧之第六子黄初末除中郎高祖輔政見顗異之曰顗令君之子也近見袁侃亦曜卿之子也皆有父風

范曄後漢書曰李固字子堅漢中郡南鄭人司徒郃之子少好學四方有志之士多慕其風而來學京師咸嘆曰是復爲李公矣

前晉安郡候官令東海王僧孺年三十五字僧孺理尚棲約思致恬敏

劉璠梁典曰王僧孺字僧孺東海郯人六歲解屬文梁興除鎮軍記室稍遷蘭陵太守卒於諮議

既筆耕爲養亦傭書成學

東觀漢記曰班超家貧爲官傭寫書投筆嘆曰丈夫獨不效傅介子立功絕域之地以封侯安久筆耕乎東觀漢記耕或爲研范曄漢書曰班超爲官傭書以供養吳志曰闞澤字德潤會稽人家世農夫至澤好學無以資常爲人傭書以供紙筆所寫既畢誦讀亦徧

至乃集螢映雪編蒲緝柳

檀道鸞晉陽春秋曰車胤字武子學而不倦貧不常得油夏月則練囊盛數十螢火以夜繼日焉孫氏世錄曰孫康家貧常映雪讀書清介交遊不雜漢書曰路溫舒取澤中蒲截爲牒編用寫書楚國先賢傳曰孫敬到洛在太學左右一小屋安止母然後入學編楊柳簡以爲經

先言往行人物雅俗

易曰君子多識前言往行以畜其德孫綽

子或問人物曰察虛實審眞僞斷成敗定終始斯可謂之人物矣雅俗已見范雲讓表

甘泉遺儀南宮故事 胡廣漢官制度曰天子出車駕次第謂之鹵簿 簿長安時出祠天於甘泉用之名曰甘泉鹵簿范曄後漢書曰鄭引爲尚書令引前後所陳有補益著之南宮以爲故事

畫地成圖抵掌可述 漢書張安世子千秋爲中郎將將兵擊烏桓還謁大將軍霍光問戰鬬方略山川形勢千秋口對兵事畫地成圖无所忘失戰國策曰蘇秦說趙王抵掌而言

豈直鼮廷**鼠有必對之辯竹書無落簡之謬** 摯虞三輔決錄注曰竇攸舉孝廉爲郎世祖大會靈臺得鼠如豹文熒熒光澤世祖異之以問羣臣莫能知者攸對曰鼮鼠也詔問何以知之攸對曰見爾雅詔案秘書如攸言賜帛百匹張隲文士傳曰人有嵩山下得竹簡一枚兩行科斗書人莫能識張華以問束皙皙曰此明帝顯節陵策文驗校果然朝廷士庶皆服其博識

睞坐鎮雅俗引益已多僧孺訪對不休質疑斯在 班固漢書董仲舒述曰讜言訪對爲世純孺太玄經曰爰質所疑宋衷曰質問也

並東序之秘寶瑚璉之茂器書曰大玉夷玉天球河圖在東序典引曰御東序之秘寶論語子貢問曰賜也何如子曰汝器也曰何器也曰瑚璉也誠言以人廢而才實世資論語子曰君子不以言舉人不以人廢言解嘲曰鄒衍頡頏而取世資班固漢書翟方進述曰用合時宜器周世資臨表悚戰猶懼未允不任下情云云

為褚諮議蓁讓代兄襲封表蕭子顯齊書曰褚蓁字茂緒爲義興太守改封巴東郡表讓封賁子霽詔許之官至前將軍卒然此表與集詳略不同疑是蓁本辭多冗長

任彥昇

臣蓁言昨被司徒符仰稱詔旨許臣兄賁所請以臣襲封南康郡公臣門籍勳蔭光錫土宇臣賁世載承家允

膺長德蕭子顯齊書曰褚淵長子賁字蔚先官歷散騎常侍上表稱疾讓封與弟蓁國語曰祭公謀父曰弈世載德韋昭曰載成也易曰開國承家小人勿用左氏傳王子朝曰王后無嫡則擇立長年鈞以德德鈞以卜而深鑒止足脫屣千乘老子曰知足不辱知止不殆吳都賦曰輕脫屣於千乘遂乃遠謬推恩近萃庸薄能以國讓引義有歸左氏傳公子魚曰能以國讓仁孰大焉匹夫難奪守以勿貳昔武始迫家臣之策陵陽感鮑生之言張以誠請丁爲理屈東觀漢記曰張純字伯仁建武初先詣闕封武始侯子奮字稺通兄根常被病純病困敕家丞翕司空無功爵不當傳嗣純薨大行移書問嗣翕上書奪詔封奮奮上書曰根不病哀臣小稱病今翕移臣又曰丁綝爲陵陽侯薨長子鴻字季公讓位於弟盛逃去鴻初與九江鮑駿友善及鴻亡駿遇於東海陽狂不識駿駿乃止讓之曰今子以兄弟私恩而絶父不滅之基可謂智乎鴻感悟垂涕乃還就國且先臣以大宗絶緒命臣出纂傍

統禮記曰繼別爲宗鄭玄曰別子之嫡也族人尊之謂之大宗是宗子也稟承在昔理絕
終天天道無終而云終天永訣之辭也徐廣赴謝車騎葬還詩曰潛壙旣掩扉終天隔幽壤潘岳哀永逝曰今奈何兮一舉邈終天而子不反永惟情事觸目崩殞若使貴高延
陵之風臣忘子臧之節左傳曰吳子諸樊旣除喪將立季札辭曰曹宣公之卒也諸侯與曹人不義曹君將立子臧子臧去之遂不爲也以成曹君君子曰能守節君義嗣也誰敢奸君有國非吾節也札雖不才願附於子臧之節是廢德舉豈曰能賢左氏傳曰宋公疾召大司馬孔父而屬殤公焉對曰群臣願奉馮也公曰先君以寡人爲賢使主社稷若弃德不讓是廢先君之舉豈曰能賢陛
下察其丹款特賜停絕丹款已見庾元規表不然投身草澤苟遂
愚誠耳謝承後漢書曰朱寵隱身草澤不勝丹慊之至謹詣闕拜表以
聞臣誠惶誠恐以下

爲范始興作求立太宰碑表吴均齊春秋曰竟陵文宣王子良薨西昌侯以天子命假黄鉞太宰蕭子顯齊書曰建武中故吏范雲上表爲子良立碑事不行

任彦昇

臣雲言原夫存樹風猷没著徽烈尚書曰彰善癉惡樹之風聲應璩與王將軍書曰雀鼠雖愚猶知徽烈既絶故老之口必資不刊之書西征賦曰兆惟奉明邑號千人訊諸故老造自帝詢杜預傳序曰左丘明受經於仲尼以爲經者不刊之書也而藏諸名山則陵谷遷貿司馬遷書曰僕誠以著此書藏諸名山毛詩曰高岸爲谷深谷爲陵府之延閣則青編落簡劉歆七略曰孝武皇帝勑丞相公孫引廣開獻書之路百年之間書積如山故内則延閣廣内祕書之府又曰尚書有青絲編目録然則配天之迹存乎泗

水之上漢書平紀曰郊祀高祖以配天鄺善長水經注曰泗水南有泗水亭漢高祖廟前有碑延熹十
年立素王之道紀於沂川之側家語南宮敬叔曰孔子生於衰周讚明易道以爲法
或者天將欲素王之乎何其盛也沂水南有孔子舊廟漢魏以來列七碑二碑無字由是崇師之
義擬迹於西河禮記曾子謂子夏曰事夫子於洙泗之間退而老西河之上使西河之人疑汝
於夫子七略曰西河燕趙之間尊主之情致之於堯禹尊主謂伊尹也恥其君不如堯
舜已見曹子建通親親表禹亦聖帝故連言之故精廬妄啓必窮鐫勒之盛東觀
漢記曰王阜年十一辭父母欲出精廬以尚幼不見聽荆州圖曰陰令劉喜魏時宰縣雅好博古教學立碑
君長一城亦盡刊刻之美陳寔別傳曰寔卒蔡邕爲立碑刻銘然寔爲太丘宰故曰
一城也況乎甄陶周召孕育伊顔周公召公伊尹顔回也典引曰孕虞育夏甄殷
陶周故太宰竟陵文宣王臣某與存與亡則義刑社稷漢書

文帝即位絳侯爲丞相爰盎進曰丞相何如人上曰社稷臣盎曰絳侯所謂功臣非社稷臣社稷臣主存與存主亡與亡如淳曰人主在時與共治不以主亡而不行其政令也嚴天配帝則周公其人孝經子曰孝莫大於嚴父嚴父莫大於配天則周公其人也昔者周公郊祀后稷以配天宗祀文王於明堂以配上帝體國端朝出藩入守進思必告之道退無苟利之專尚書曰爾有嘉謀嘉猷則入告爾后于內公羊傳曰大夫出境有可以安社稷利國家者則專之可也左氏傳曰子產曰苟利社稷死生以之五教以倫百揆時序尚書帝曰契汝作司徒敬敷五教在寬又曰納于百揆百揆時序若夫一言一行盛德之風孟子曰舜聞一善言見一善行若決江河沛然莫之能禦也易云日新之謂盛德琴書藝業述作之茂漢書曰鄭敬字次都琴書自樂禮記曰作者之謂聖述者之謂明明聖者述作之謂也道非兼濟事止樂善亦無得而稱焉周易曰智周萬物而道濟天下東觀漢記曰上嘗問

東平王蒼曰在家何業最樂蒼對曰爲善最樂上嗟嘆之論語曰齊景公有馬千駟死之日民無德而稱焉

人之云亡忽移歲序詩曰人之云亡邦國殄瘁鴟鴞東徙松檟成行言成王未知周公之意類鬱林之嫌子良而周公有居攝之情由子良有代宗之議故假鴟鴞以喻焉吳均齊春秋曰鬱林王即位子良謝疾不視事帝嫌之又潘敞以仗防之子良既有代宗議憂懼不敢朝事而子良薨毛詩序曰鴟鴞周公救亂也成王未知周公之志乃作詩以遺王名之曰鴟鴞焉說苑曰梟與鳩相遇鳩曰子安之梟曰我將東徙鳩曰何梟曰西方之人皆惡我聲鳩曰子鳴於是鳴鳩曰子改鳴則可不改子鳴雖東徙猶惡子也左傳伍子胥曰樹吾墓檟六府臣僚三藩士女蕭子顯齊書曰子良爲輔國將軍征虜將軍竟陵王鎮北將軍征北將軍護軍將軍斯謂六府子良又爲會稽太守南徐州刺史又南兗州刺史斯謂之三藩也人蓄油素家懷鉛筆油素已見吳都賦葛龔與梁相牋曰曹褒寢懷鉛筆行誦文書瞻彼景山徒然望慕景山謂墳也毛詩曰陟彼景山劉楨贈五官中郎將

詩曰望慕結不解　昔晉氏初禁立碑晉令曰諸葬者不得作祠堂碑石獸　魏舒之
亡亦從班列而阮略既泯故首冒嚴科爲之者竟免刑
戮致之者反蒙嘉嘆陳留志曰阮略字德規爲齊國內史爲政表賢黜惡化風大行卒於郡齊人欲爲立碑時官制嚴峻自司徒魏舒已下皆不得立齊人思略不已遂共冒禁樹碑然後詣闕待罪朝廷聞之尤歎其惠　至於道被如仁功參微管本宜在常均之外如仁微管並見上傳季友修張良教　故太宰淵丞相嶷親賢並軌即爲成
規褚淵碑即王儉所制蕭子顯齊書曰豫章文獻王嶷字宣儼薨贈丞相南陽樂藹爲建立碑第二子恪託沈約及孔稚珪爲文　乞依二公前例賜許刊立寧容使長想九原
樵蘇罔識其禁駐驊長陵轜軒不知所適禮記曰趙文子與叔譽觀乎九原文子曰死者如可作也吾誰與歸戰國策顏蠋謂齊王曰秦攻齊令曰敢有去柳下季墓五十步樵採

者罪死不赦東觀漢記和帝詔曰高祖功臣蕭曹爲首朕望長陵東門見二臣之壟感焉臣里閭孤賤才無可甄值齊網之引弛賓客之禁范曄後漢書曰建武中禁網尚寬諸王既長各招引賓客策名委質忽焉二紀左氏傳狐突曰策名委質其二乃辟慮先犬馬厚恩不荅列女傳曰梁寡高行曰妾之夫不幸早死先犬馬塡溝壑虞貞節曰人受命於天而命長犬馬受命於天而命短妾之夫反先犬馬死矣而弊帷毀蓋未蓐螻蟻禮記仲尼曰吾聞之弊帷不棄爲埋馬也弊蓋不棄爲埋狗也戰國策安陵君謂楚王曰犬馬臣願得式黃泉蓐螻蟻延叔堅戰國策論曰爲王先用塡黃泉爲王作蓐以御螻蟻珠襦玉匣遽飾幽泉西京雜記曰漢帝及諸侯王送死皆珠襦玉匣匣形如鎧甲連以金縷皆鏤爲蛟龍鸞鳳龜龍之形所謂交龍玉匣陛下引獎名教不隔微物使臣得駿奔南浦長號北陵南浦迎喪北陵送葬既曲逢前施實仰覬後澤儻驗杜預山

頂之言庶存馬駿必拜之感襄陽記曰杜元凱好爲身後名常自言百年後必高岸爲谷深谷爲陵作二碑叙其平吳勳一沈萬山下一沈峴山下謂叅佐曰何知後代不在山頭乎臧榮緒晉書曰扶風王駿字子臧宣帝第七子也都督雍涼州諸軍事後薨民吏樹碑讚述德範長老見碑無不拜之言其遺愛如此臨表悲懼言不自宣臣誠惶已下

文選卷第三十八

賜進士出身通奉大夫江南蘇松常鎮太等處承宣布政使司布政使胡克家重校刊

文選卷第三十九

梁昭明太子撰

文林郎守太子右内率府録事參軍事崇賢館直學士臣李善注上

上書

啓

爲卞彬謝脩卞忠貞墓啓一首

上蕭太傅固辭奪禮啓一首

上書

上書秦始皇一首

李斯 史記曰李斯者楚上蔡人也西說秦秦拜斯爲客卿會韓使鄭國來間秦以作溉渠已而覺秦室大臣皆言秦王曰諸侯人來秦者秖爲其主游間秦耳請一切逐客李斯議亦在逐中斯乃上書秦王乃除逐客之令復李斯官始皇帝以斯爲丞相後二世具斯五刑論腰斬咸陽市

臣聞吏議逐客竊以爲過矣昔穆公求士西取由余於戎史記曰戎王使由余於秦秦後歸由余繆公又使人間要由余遂去降秦繆公以客禮禮之東得

百里奚於宛史記曰晉獻公以百里奚爲秦穆公夫人媵於秦百里奚亡秦走宛楚之鄙人執之繆公聞百里奚欲重贖之恐楚子不許以五羖羊皮贖之楚人許與之繆公與議國事大悅授之國政迎蹇叔於宋史記曰百里奚謂繆公曰臣不及臣友蹇叔賢而世莫知繆公使人厚幣迎蹇叔以爲上大夫來丕豹公孫支於晉左氏傳曰晉郄芮丕鄭丕豹奔秦又曰秦伯謂公孫支曰夷吾其定乎對曰今其言多忌克難哉杜預曰公孫支秦大夫子桑也此五子者不產於秦穆公用之并國三十遂霸西戎史記曰秦用由余謀伐戎王益國十二開地千里遂霸西戎、孝公用商鞅之法移風易俗民以殷盛國以富彊百姓樂用諸侯親服史記曰獻公卒子孝公立又曰衛鞅西入秦説孝公變法修刑內務耕稼外勸戰死之士賞罰三年百姓便之天子致胙諸侯畢賀也獲楚魏之師舉地千里至今治彊史記曰衛鞅將兵圍魏安邑降之又曰衛鞅擊魏公子卬封鞅爲列侯号商君卬五剛切惠王用張儀之計拔三川之地西并巴蜀北收上郡南取漢中史記曰孝公卒子惠文君立又曰惠文君八年張儀復相秦攻韓宜陽降之云孝王十年納魏上郡張儀伐蜀滅之又攻楚漢中取地六百里置漢中郡史記云孝王納上郡此云惠王疑此誤也又曰武王立張儀死武王謂甘茂曰寡人欲通車三川窺周室使甘茂伐宜陽拔之然通三川是武王張儀已死此云惠王用張儀之計拔三川疑此誤也三川韓界也宜陽韓邑也包九夷制鄢郢九夷屬楚夷也鄢郢楚二縣也盖秦令人據之也東據成皐之險割膏腴之壤成皐縣名周之東境遂散六國之從六國韓魏燕趙齊楚也漢書音義文穎曰關東爲從使之西面事秦功施到今史記曰惠王卒韓魏齊楚皆賓從昭王得范雎廢穰侯逐華陽史記曰孝王卒立異母弟爲昭襄王又曰穰侯魏冉者秦昭王母宣太后之弟太后二弟其異父長弟曰穰侯姓魏氏名冉同父弟曰芉戎爲華陽君魏冉爲相國范雎說秦昭王言穰侯權重諸侯昭王乃免相

國逐華陽君關外彊公室杜私門蠶食諸侯使秦成帝業春秋保乾圖曰光闓害蠶食天下高誘淮南子注曰蠶食無餘也此四君者皆以客之功由此觀之客何負於秦哉負猶累也向使四君卻客而弗納踈士而弗用是使國無富利之實而秦無彊大之名也今陛下致昆山之玉有和隨之寶新序固桑對晉平公曰夫劒產於越珠產於江南玉產於昆山此三寶皆無足而致墨子曰和氏之璧隨侯之珠垂明月之珠服太阿之劒越絕書曰楚王召歐冶子干將作鐵劒二枚二曰太阿乘纖離之馬建翠鳳之旗樹靈鼉徒河切之鼓孫卿曰纖離蒲梢皆馬名鄭玄禮記注曰鼉皮可以冒鼓此數寶者秦不生一焉而陛下悅之何也必秦國之所生然後可則夜光之璧不飾朝廷犀象之器不爲玩好而趙衛

之女不充後庭駿良駃決騠啼不實外廄周書曰正北以駃騠爲獻廣雅曰駃馬屬江南金錫不爲用西蜀丹青不爲采所以飾後宮充下陳下陳猶後列也晏子曰有二女願得入身於下陳娛心意悅耳目者必出於秦然後可則是宛於元切珠之簪傅璣之珥阿縞之衣錦繡之飾不進於前言以宛珠飾簪以璣傅珥也說文曰珥瑱也徐廣曰齊之東阿縣繒帛所出者也此解阿義與子虛不同各依其說而留之舊注既少不足稱臣以別之他皆類此而隨俗雅化佳冶窈窕趙女不立於側也隨俗雅化謂閑雅變化而能隨俗也夫擊甕叩缶彈箏搏髀而歌呼嗚嗚快耳者真秦之聲也說文曰甕汲瓶也於貢切說文曰缶瓦器秦鼓之以節樂缶甫友切鄭衛桑間韶虞武象者異國之樂也禮記曰鄭衛之音亂世之音也又曰桑間濮上亡國之音也樂動聲儀曰

舜樂曰簫韶又曰周樂伐時曰武象宋均曰武象象伐時用干戈徐廣曰韶一作昭今棄叩缶擊甕而就鄭衛退彈箏而取韶虞若是者何也快意當前適觀而已矣高誘呂氏春秋注曰適中適也今取人則不然不問可否不論曲直非秦者去爲客者逐然則是所重者在乎色樂珠玉而所輕者在乎民人也此非所以跨海内制諸侯之術也

臣聞地廣者粟多國大者人衆兵彊者則士勇是以太山不讓土壤故能成其大河海不擇細流故能就其深管子曰海不辭水故成其大山不辭土石故能成其高王者不卻衆庶故能明其德文子曰聖人不讓負薪之言以廣其名是以地無四方民無異國四時充美鬼神降福此五帝三王之所以無敵也今乃棄黔

首以資敵國郭象莊子注曰資者給齎之謂却賓客以業諸侯使天下之士退而不敢西向裹足不入秦此所謂藉寇兵而齎盜粮者也戰國策范雎説秦王曰此所謂藉賊兵而齎盜食者也説文曰齎持遺也夫物不産於秦可寶者多士不産於秦願忠者衆今逐客以資敵國損民以益讎内自虚而外樹怨諸侯求國無危不可得也

上書吴王一首

鄒陽漢書曰鄒陽齊人也陽事吴王濞王以太子事陰有邪謀陽奏書諫爲其事尚隱惡不指斥言故先引秦爲喻因道胡越齊趙之難然後乃致其意

臣聞秦倚曲臺之宫應劭曰始皇帝所治處也若漢家未央宫也三輔黄圖曰未央

有曲臺殿懸衡天下如淳曰衡猶稱之衡也言其懸法度於其上申子曰君必有明法正義若權衡以稱輕重所以一群臣也畫地而人不犯兵加胡越至其晚節末路張耳陳勝連從子容兵之據以叩函谷咸陽遂危史記曰陳勝字涉陽城人也勝爲王號爲張楚西擊秦又曰張耳大梁人也陳勝起蘄以耳爲校尉廣雅曰據引也言相引以爲援也何則列郡不相親萬室不相救也今胡數涉北河之外史記曰秦惠王遊至北河徐廣曰戎地之河上也上覆飛鳥下不見伏兎蘇林曰覆畫也言胡上射飛鳥下畫地之伏兎鬬城不休救兵不至死者相隨輦車相屬轉粟流輸去千里不絕鄭玄禮記注曰流猶行也何則彊趙責於河間應劭曰趙幽王爲呂后所幽死文帝立其長子遂爲趙王取趙之河間立弟辟彊爲河間王至子哀王无嗣國除遂欲復還得河間也六齊望於惠后孟康

曰高后割濟南郡爲呂王台奉邑又割琅邪郡封營陵侯劉澤爲琅邪王文帝乃立悼惠王六子爲王言六齊不保今日之恩而追怨惠帝與呂后漢書曰文帝閔濟北逆亂自滅盡封悼惠王諸子爲列侯後齊文王薨无子於是分齊爲六將閭爲齊王惠爲濟北王賢爲淄川王雄渠爲膠東王卬爲膠西王辟光爲濟南王也

城陽顧於盧博孟康曰城陽王喜也喜父章與弟興居討諸呂有功本當盡以趙地王章梁地王興居文帝聞其欲立齊王更以二郡王之章失職歲餘薨興居誅死盧博濟北王治處喜故顧念而怨也二郡謂城陽章所封濟北興居所封興居誅死故喜顧念而恨也泰山郡有博縣濟北縣

三淮南之心思墳墓張晏曰淮南厲王三子爲三王念其父見遷殺也漢書曰上憐淮南王不軌上乃立厲王三子安爲淮南王勃爲衡山王賜爲廬江王

大王不憂臣恐救兵之不專孟康曰不專救漢也如淳曰皆自私怨宿憤不能爲吴也若吴舉兵反天子來討謂四國但有意不敢相救也以孟康解其文故言不專救漢如淳解其意故云不能爲吴二説相成義乃可明

胡馬遂

進窺於邯鄲越水長沙還舟青陽蘇林曰青陽水名也言胡越水陸共伐漢也善曰此同孟康之義也張晏曰還舟聚舟也言胡爲趙難越爲吳難不可恃也善曰此微同如淳之說秦始皇本紀曰荆王獻青陽之田已而背約擊我南郡雖使梁并淮陽之兵下淮東越廣陵以遏越人之糧漢亦折西河而下北守漳水以輔大國胡亦益進越亦益深此臣之所爲大王患也善曰大國謂趙也陽假言吳思助漢今胡越俱來伐之漢雖復使梁并淮陽之兵以遏越人之糧漢截西河以下而助於趙終無所益故胡亦益進越亦益深此臣爲大王患也然其意欲破吳計雖使當爲乃使越人當爲吳人輒當爲禦言吳趙欲來伐漢漢乃使梁并淮陽之兵以止吳人之糧漢截西河以禦於趙如此則趙不得進吳不得深陽惡指斥故假胡越錯亂其辭自此以下乃致其意焉臣聞蛟龍驤首奮翼則浮雲出流霧雨咸集聖王底節脩德則游談之士

歸義思名善曰厎與砥同厎礪也戰國策蘇秦説趙王曰外客游談之士无敢自進於前漢書王莽傳曰遊者爲之談説今臣盡知畢議易精極慮如淳曰改易精思以謀慮之則無國而不可奸善曰爾雅曰奸求也奸與干同飾固陋之心則何王之門不可曳長裾乎然臣所以歷數王之朝背淮千里而自致者非惡臣國而樂吴民竊高下風之行尤悦大王之義善曰新序公孫龍謂平原君曰臣居魯則聞下風高先生之知悦先生之行故願大王無忽察聽其至善曰劉瓛周易注曰至極也謂極言之臣聞鷙鳥至鳥累百不如一鶚孟康曰鶚大鶚也如淳曰鷙鳥比諸侯鶚比天子夫全趙之時服虔曰全趙趙未分之時應劭曰後分爲三武力鼎士袨縣服叢臺之下者一旦成市服虔曰袨服大盛乡黄服也臣瓚以爲鼎士舉鼎之士叢臺趙王之臺不能止幽王之湛患韋昭曰高帝子幽王

友也呂后殺之湛今沈字也淮南連山東之俠死士盈朝不能還厲王之西也善曰漢書曰淮南厲王長謀反廢遷蜀韋昭曰徙蜀嚴道然則計議不得雖諸賁不能安其位亦明矣善曰左氏傳曰吴公子光享王鱄設諸寘劍於魚中以進抽劍以刺王說苑曰勇士孟賁水行不避蛟龍陸行不避狼虎故願大王審畫而已始孝文皇帝據關入立寒心銷志不明求衣臣瓚以爲文帝入關而立以天下多難故乃寒心戰栗未明而起自立天子之後使東牟朱虛東褒儀父之後應劭曰天下已定文帝遣朱虛侯章東喻齊王嘉其首舉兵欲誅諸呂猶春秋褒邾儀父者也深割嬰兒王之應劭曰封齊王六子爲王其中有小嬰兒孝文帝於骨肉厚也壤子王梁代益以淮陽善曰此言文帝之時梁王揖代王參淮陽王武後梁王揖早薨徙武爲梁王也然參揖皆少故云壤也晉灼曰方言梁益之閒所愛諱其肥盛曰壤也善曰方言云瑋其肥盛

晉書注以瑋爲諱卒仆濟北因弟於雍者豈非象新垣等哉善曰漢書曰濟北王興居聞帝之代乃反棘蒲侯擊之興居自殺又曰淮南王道死雍應劭曰二國有姦臣如新垣平等勸王共反也今天子新據先帝之遺業善曰今天子景帝也先帝文帝也左規山東右制關中變權易勢大臣難知大王弗察臣恐周鼎復起於漢如淳曰新垣平詐言周鼎在泗水中臣望東北汾陰有金寶氣鼎在其中弗迎則不至爲吳討者猶新垣平之言周鼎終不可得也新垣過計於朝服虔曰過誤也則我吳遺嗣不可期於世矣高皇帝燒棧道灌章邯應劭曰章邯爲雍王高祖以水灌其城破之燒棧道言高祖涉所燒之棧道也史記曰張良說漢王燒絕棧道也兵不留行善曰言攻之易故不稽留也收弊人之倦東馳函谷西楚大破張晏曰項羽自號西楚霸王水攻則章邯以亡其城陸擊則荆

王以失其地如淳曰荆亦楚謂項王敗走也此皆國家之不幾者也孟康曰言國家不可庶幾得之也願大王熟察之

獄中上書自明

鄒陽漢書曰陽以吴王不可説去之梁從孝王遊羊勝公孫詭等疾陽惡之於孝王孝王怒陽下獄吏將殺之陽乃從獄中上書書奏孝王立出之卒爲上客

臣聞忠無不報信不見疑臣常以爲然徒虚語耳昔者荆軻慕燕丹之義白虹貫日太子畏之如淳曰白虹兵象日爲君善曰畏畏其不成也列士傳曰荆軻發後太子相氣見白虹貫日不徹曰吾事不成矣後聞軻死太子曰吾知其然也衛先生爲秦畫長平之事太白食昴昭王疑之蘇林曰白

起爲秦伐趙破長平軍欲遂滅趙遣衛先生説昭王益兵糧爲應侯所害事用不成其精誠上達於天故太白爲之食昴昴趙分也將有兵故太白食食者干歷也如淳曰太白天之將軍也夫精誠變天地而信不諭兩主豈不哀哉今臣盡忠竭誠畢議願知張晏曰盡其計議願王知之左右不明卒從吏訊爲世所疑張晏曰左右不明不敢斥王也訊考三日問之知與前辭同不也是使荊軻衛先生復起而燕秦不寤也願大王熟察之昔玉人獻寶楚王誅之善曰韓子曰楚人和氏得璞玉於楚山之下奉而獻之武王武王使人相之玉人曰石也王刖和左足武王薨成王即位和又獻之玉人又曰石也刖其右足李斯竭忠胡亥極刑善曰史記曰始皇以李斯爲丞相始皇崩胡亥立斯具五刑者也是以箕子陽狂接輿避世恐遭此患善曰史記曰紂淫亂不止箕子懼乃佯狂爲奴論語曰楚狂接輿歌而過孔子曰鳳兮鳳兮何德之衰願

大王察玉人李斯之意而後楚王胡亥之聽善曰以其計謬故令後之毋使臣爲箕子接輿所笑臣聞比干剖心子胥鴟夷善曰史記曰比干彊諫紂怒曰吾聞聖人心有七竅剖比干觀其心又曰子胥自剄王乃以子胥尸盛以鴟夷之革浮之江中應劭曰取馬革爲鴟夷鴟夷榼形臣始不信乃今知之願大王熟察少加憐焉語曰白頭如新漢書音義曰或初不相識相知至白頭不相知傾蓋如故文穎曰傾蓋猶交蓋駐車也善曰家語曰孔子之郯遭程子於塗傾蓋而語終日甚相悅何則知與不知也故樊於期逃秦之燕藉荊軻首以奉丹事善曰史記曰荊軻見樊於期曰今聞秦購將軍首金千斤邑萬家今有言可以解燕國之患報將軍之仇首何如於期曰爲之奈何軻曰願得將軍首以獻秦王秦王必喜見臣臣左手把其袖右手揕其胷於期遂自剄徐廣曰揕丁鴆切王奢去齊之魏臨城自剄以却齊而存魏善曰漢書

音義曰王奢齊臣也自齊亡之魏齊伐魏奢登城謂齊將曰今君之來不過以奢故也義不苟生以爲魏累遂自剄夫王奢樊於期非新於齊秦而故於燕魏也所以去二國死兩君者行合於志而慕義無窮也是以蘇秦不信於天下爲燕尾生服虔曰蘇秦於秦不出其信於燕則出尾生之信也善曰史記蘇秦曰尾生與女子期於梁下女子不來水至不去抱梁柱而死白圭戰亡六城爲魏取中山張晏曰白圭爲中山將亡六城殆欲誅之亡入魏文侯厚遇之還拔中山何則誠有以相知也蘇秦相燕燕人惡之於燕王善曰惡謂讒短也燕王按劍而怒食以駃騠孟康曰敬重蘇秦雖有讒惡王更膳以珍奇之味也白圭顯於中山人惡之於魏文侯善曰言白圭拔中山而尊顯而人說短於文侯文侯投以夜光之璧何則兩主二臣剖心析肝相信豈移於浮辭哉故

女無美惡入宮見妬士無賢不肖入朝見嫉昔者司馬喜臏（卑引）脚於宋卒相中山（善曰戰國策曰司馬喜三相中山尚書呂刑曰臏者脫去人之臏也郭璞三蒼解詁曰臏膝蓋也）范睢摺脅折齒於魏卒爲應侯（善曰史記曰范睢隨魏中大夫須賈使齊齊襄王賜范睢金十斤及牛酒須賈以爲持魏國陰事告齊以告魏相魏之諸公子魏齊使舍人笞擊范睢折脅摺齒睢得出亡入秦爲應侯廣雅曰摺折也力合切）此二人者皆信必然之畫捐朋黨之私挾孤獨之交故不能自免於嫉妬之人也是以申徒狄蹈雍之河（服虔曰殷之末世人也如淳曰莊周云申徒狄諫而不聽負石自投河善曰爾雅曰水自河出爲雍雍言狄先蹈雍而後入河也雍一龍切）徐衍負石入海（漢書音義曰徐衍周之末人也見列士傳善曰論語讖曰徐衍負石伐子自貍守分云身握石失軀宋均曰貍猶殺也力之切）不容身於世（新語曰窮澤之民身不容於世無紹介通之）義

不苟取比周於朝以移主上之心善曰言皆義不苟取比周朋黨在朝廷以移主上之心妄求合也六韜曰結連朋黨比周爲權杜預曰比近也周密也故百里奚乞食於路穆公委之以政說苑鄒子說梁王曰百里奚乞食於路而穆公委之以政甯戚飯牛車下而桓公任之以國善曰吕氏春秋曰甯戚飯牛車下望桓公而悲擊牛角疾歌鄒子說苑鄒子說梁王曰甯戚扣轅行歌桓公任之以國此二人豈素宦於朝借譽於左右然後二主用之哉感於心合於意堅如膠漆昆弟不能離豈惑於衆口哉故偏聽生姦獨任成亂昔魯聽季孫之說而逐孔子善曰論語曰齊人饋女樂季桓子受之三日不朝孔子行宋信子冉之計囚墨翟文子曰子罕也冉音任善曰未詳夫以孔墨之辯不能自免於讒諛而二國以危何則衆口鑠金積毀

銷骨國語泠州鳩曰衆心成城衆口鑠金賈逵曰鑠消也衆口所惡金爲之銷亡積毁銷骨謂積讒善曰毁之言骨肉之親爲之銷滅是以秦用戎人由余而霸中國齊用越人子臧而彊威宣善曰言齊任子臧故威宣二王所以彊盛史記曰齊桓公卒子威王因齊立威王卒子宣王辟彊立張晏曰子臧越人也此二國豈拘於俗牽於世繫奇偏之辭哉公聽並觀垂明當世善曰公聽言無私也並觀言無偏也尸子曰論是非者自公心聽之而後可知也故意合則胡越爲昆弟由余子臧是矣不合則骨肉爲讎敵朱象管蔡是矣善曰史記曰舜弟象傲帝常欲殺舜丹朱堯子讎敵未聞尚書曰周公位冢宰羣叔流言乃致管叔于商囚蔡叔于郭鄰今人主誠能用齊秦之明後宋魯之聽則五霸不足侔三王易爲比也是以聖王覺悟捐子之之心而不悦田常之

賢善曰史記曰燕王噲屬國於子之子之南面行王事齊因伐燕燕王噲死子之乃亡又曰齊田常殺簡公而立平公平公即位田常爲相五年齊國政皆歸田常封比干之後修孕婦之墓應劭曰紂刳妊者觀其胎産故功業覆於天下何則欲善無猒也夫晉文公親其讎而彊霸諸侯張晏曰寺人勃鞮也善曰國語曰初獻公使寺人勃鞮伐文公於蒲城文公踰垣寺人斬其袪及入寺人求見於是呂郄冀芮畏偪悔納公謀作亂伯楚知之故求見公公遽見之伯楚以呂郄之謀告公韋昭曰寺人掌内袪袂也勃鞮字伯楚齊桓公用其仇而一匡天下善曰左傳寺人披謂晉侯曰齊桓公置射鉤而使管仲相論語曰管仲相桓公霸諸侯一匡天下民到于今受其賜何則慈仁殷勤誠嘉於心此不可以虛辭借也至夫秦用商鞅之法東弱韓魏立彊天下而卒車裂之善曰商鞅車裂已見西征賦越用大夫種之謀禽勁吳而霸中

國遂誅其身善曰史記曰越王勾踐舉國政屬大夫種越平吳以兵北渡淮東方諸侯畢賀稱霸王范蠡乃去遺大夫種書種見稱疾不朝人或讒種作亂越王乃賜種劍而自殺是以孫叔敖三去相而不悔善曰史記曰孫叔敖楚之處士也虞丘相進之三月而相楚三得相而不喜知其材自得之也三去相而不悔知其非己之罪也於陵子仲辭三公爲人灌園善曰列女傳曰於陵子終賢楚王欲以爲相使使者往聘迎之子終出使者與其妻逃乃爲人灌園令人主誠能去驕傲之心懷可報之意善曰言士有功可報者思必報披心腹見情素善曰戰國策曰蔡澤說應侯曰公孫鞅事孝王竭知謀示情素墮肝膽施德厚終與之窮達無愛於士善曰於士所求無所愛惜也則桀之狗可使吠堯而跖之客可使刺由應劭曰由許由也跖盜跖也韋昭曰言恩厚無不使善曰戰國策刀鞮謂田單曰跖之狗或哦堯非其主也哦音吠並同何況因萬乘之權假聖王之資乎然則荊

軻湛七族要離燔妻子豈足爲大王道哉應劭曰荆軻爲燕刺秦王不成而死其七族坐之湛没也張晏曰七族上至高祖下至曾孫善曰呂氏春秋曰吳王闔閭欲殺王子慶忌要離曰王誠助臣請必能吳王曰諾明旦加罪焉執其妻子燔而揚其灰高誘曰吳王僞加要離罪燒妻子揚其灰臣聞明月之珠夜光之璧以暗投人於道衆莫不按劍相眄者何則無因而至前也蟠木根柢輪囷離奇張晏曰柢下本也輪囷離奇委曲盤戾也蘇林曰柢音蔕善曰廣雅曰蟠曲也囷去倫切離薄綦切奇音衣而爲萬乘器者何則以左右先爲之容也善曰器謂服玩之屬容謂雕飾杜預左氏傳注曰容形容也故無因而至前雖出隋侯之珠夜光之璧秖足結怨而不見德故有人先談則枯木朽株樹功而不忘善曰談或爲游今天下布衣窮居之士身在貧賤雖蒙堯舜之術

挾伊管之辯善曰伊尹管仲懷龍逄比干之意欲盡忠當世之君而素無根柢之容雖竭精神欲開忠信輔人主之治則人主必襲按劍相眄之跡矣善曰小雅曰開達也是使布衣之士不得爲枯木朽株之資也是以聖王制世御俗獨化於陶鈞之上張晏曰陶家名模下圓轉者爲鈞以其能制器爲大小比之於天也善曰論語考比讖曰引五子以避俗遠邦殊域莫不向風而不牽乎卑辭之語不奪乎衆多之口善曰聖人有深謀善計而即行之不爲卑辭所牽制戰國策蘇秦曰卑辭以謝君衆口已見上文故秦皇帝任中庶子蒙嘉之言以信荆軻之説而匕首竊發善曰戰國策曰荆軻既至秦持千金之資幣厚遺秦王寵臣中庶子蒙嘉嘉爲先言於秦王曰燕王願舉國爲内臣如郡縣又獻燕督亢之地圖圖窮匕首見秦王驚自引而起乃引其匕首以擿秦王通俗文曰匕首其頭類匕故曰匕首短而便用周文獵涇渭載呂尚而歸以王天下六韜曰文王田于渭陽卒見呂尚坐茅而漁戰國策曰范雎謂秦王

日臣聞吕尚遇文王立爲太師史記日西伯獵果遇太公于渭俱爲師也秦信左右而亡周用烏集而王善曰漢書音義曰太公望塗遘卒遇共成王功如烏鵲之暴集也何則以其能越拘攣之語馳域外之義獨觀於昭曠之道也今人主沈諂諛之辭牽於帷墻之制善曰漢書音義曰言爲左右便辟侍帷墻臣妾所見牽制說文曰墻垣蔽也然帷妾之所止墻臣之所居也使不羈之士與牛驥同皁漢書音義曰皁食牛馬器以木作如槽善曰不羈謂才行高遠不可羈繫也此鮑焦所以忿於世而不留富貴之樂也善曰列士傳曰鮑焦怨世不用己采疏於道子貢難曰非其世而采其疏此焦之有哉弃其疏乃立枯於洛水之上疏即古蔬字臣聞盛飾入朝者不以私汙義砥厲名號者不以利傷行善曰孔安國尚書傳曰砥磨石也論語撰考讖曰子罕言利利傷行也故里名勝母曾子不入邑號朝歌墨子迴車晉灼曰史記樂書紂作朝歌之音朝歌者不時也善曰淮南子曰墨子非樂不入朝歌然古有此事未詳其本今欲使

天下恢廓之士誘於威重之權脅於位勢之貴回面汙行以事謟諛之人而求親近於左右則士有伏死堀穴巖藪之中耳安有盡忠信而趨闕下者哉

上書諫獵　司馬長卿

臣聞物有同類而殊能者故力稱烏獲捷言慶忌勇期賁育善曰史記曰秦武王有力士烏獲孟說皆至大官呂氏春秋曰吳王欲殺王子慶忌謂要離曰吾嘗以馬逐之江上而不能及說苑曰勇士孟賁水行不避蛟龍陸行不避狼虎戰國策范雎曰夏育之勇焉而死臣之愚暗竊以爲人誠有之獸亦宜然今陛下好凌岨險射猛獸卒然遇軼才之獸駭不存之地犯屬車之清塵漢書音義曰大駕屬車八十一乘善曰車塵言清尊之意也輿不及還轅人不暇施

功雖有烏獲逢蒙之伎力不得用枯木朽株盡爲難矣善曰吴越春秋陳音曰黄帝作弓後有楚狐父以道傳羿羿傳逢蒙是胡越起於轂下而羌夷接軫也豈不殆哉雖萬全無患然本非天子所宜近也且夫清道而後行中路而馳猶時有銜橛之變張揖曰銜馬勒也橛騑馬口長銜也善曰家語子曰郊之日氾掃清路行者必止莊子伯樂曰我善調馬前有飾橛而後鞭策之威而況乎涉豐草騁丘墟善曰毛詩曰湛湛露斯在彼豐草呂氏春秋吴爲丘墟前有利獸之樂而内无存變之意善曰鄭玄禮記注曰利猶貪也其爲害也不亦難矣夫輕萬乘之重不以爲安而樂出萬有一危之塗以爲娱臣竊爲陛下不取也蓋聞明者遠見於未萌而智者避危於无形善曰太公金匱曰明者見兆於未萌智者

避危於无形禍固多藏於隱微而發於人所忽者也故鄙諺曰家累千金坐不垂堂張揖曰畏欄瓦墮中人也此言雖小可以喻大臣願陛下留意幸察

上書諫吳王

枚叔善曰漢書曰枚乘字叔淮陰人爲吳王濞郎中吳王初怨望謀爲逆也乘奏書諫王不納遂去之從梁孝王遊後景帝拜乘弘農都尉卒然乘之卒在相如之前而今在後誤也

臣聞得全者昌失全者亡善曰史記淳于髠說鄒忌子曰得全全昌失全全亡舜无立錐之地以有天下禹无十戶之聚以王諸侯湯武之士不過百里善曰韓子曰舜无置錐之地於後世而德結史記蘇秦說趙王曰舜无咫尺之

地以有天下禹无百人之聚以王諸侯湯武之土不過百里立爲天子誠得其道也上不絕三光之明下不傷百姓之心者有王術也善曰不絕其明言合度也高誘淮南子注曰三光日月星也故父子之道天性也善曰父子喻君臣也孝經曰父子之道天性也忠臣不避重誅以直諫則事无遺策功流萬世臣乘願披腹心而効愚忠惟大王少加意念惻怛之心於臣乘言夫以一縷之任係千鈞之重上懸之无極之高下垂之不測之淵雖甚愚之人猶知哀其將絕也馬方駭鼓而驚之係方絕又重鎮之係絕於天不可復結墜入深淵難以復出善曰孔叢子曰齊東郭亥欲攻田氏子貢曰令子士也位卑圖大殆非子之任也夫以一縷之任繫千鈞之重上懸之於无極之高下垂於不測之深傍人皆畏其絕而造之者不

知其子之謂乎馬方駭鼓而驚之繫方絶重鎮之馬奔車覆六轡不禁繫絶其高墜入於深其危必矣亥曰吾已矣其出不出閒不容髮蘇林曰臣改計取福正在今日言其激切甚急善曰曾子曰律歷迭相治也其閒不容髮矣能聽忠臣之言百舉必脫善曰孫卿子曰平則慮險安則慮危是百舉不陷也必若所欲爲危於累卵難於上天善曰說苑曰晉靈公造九層臺荀息聞之求見曰臣能累十二博棊加九雞卵其上公曰危哉論語曰天不可階而升也變所欲爲易於反掌安於泰山善曰反掌言易也孟子曰武丁有天下猶反掌也春秋保乾圖曰安於泰山與日合符今欲極天命之上壽弊无窮之極樂善曰弊猶盡也究萬乘之勢不出反掌之易居泰山之安而欲乘累卵之危走上天之難此愚臣之所大惑也顏師古曰走趣也走音奏人性有畏其影而惡其迹却背而走迹逾多影逾疾

不如就陰而止影滅迹絕善曰莊子漁父曰人有畏影惡迹而去之走者舉足逾數而迹疾而影不離自以爲尚遲疾走不休絕力而死不知處陰以休影靜處以息迹愚亦甚矣孫卿子以爲涓蜀梁欲人勿聞莫若勿言欲人勿知莫若勿爲欲湯之滄漢書音義或曰滄寒也一人炊之百人揚之無益也不如絕薪止火而已善曰呂氏春秋曰夫以湯止沸沸愈不止去火則止矣不絕之於彼而救之於此譬由抱薪而救火也善曰文子曰不治其本而救其末無異鑿渠而止水抱薪而救火也養由基楚之善射者也去楊葉百步百發百中善曰戰國策蘇厲謂周君曰養由基善射去柳葉百步而射百發百中楊葉之大加百中焉可謂善射矣然其所止百步之內耳比於臣乘未知操弓持矢也福生有基禍生有胎服虔曰基胎皆始也納其基絕其胎禍

何自來善曰自從也太山之霤力救切穿石殫極之綆斷幹晉灼曰綆古綆字殫盡也極之綆幹幹井上四交之幹常爲汲者所契傷也水非石之鑽索非木之鋸漸靡使之然也夫銖銖而稱之至石必差寸寸而度之至丈必過張晏曰桼所轉四萬六千八十銖而至於石合而稱之必有盈縮也石稱丈量徑而寡失善曰文子曰夫事煩難治也法苛難行也多求難贍也寸而度之至丈必差銖而稱之至石必過石稱丈量徑而寡失故大較易爲智曲辯難爲惠也徑直也夫十圍之木始生而蘖足可搔而絕手可擢而抓善曰尸子曰千丈之木始若蘖足易去也莊子曰櫲樟初生可抓而絕廣雅曰搔抓也字林曰搔先牢切抓壯交切據其未生先其未形磨礱砥礪不見其損有時而盡善曰賈逵國語注曰礱磨也龍力公切尚書注砥磨石也種樹畜養不見其益有時而大積德累行不知

其善有時而用弃義背理不知其惡有時而亡臣願大王孰計而身行之此百世不易之道也

上書重諫吴王

枚叔 善曰漢書曰吴王舉兵西嚮以誅晁錯爲名漢聞之斬錯以謝諸侯乘於是復說吴王

昔秦西舉胡戎之難北備榆中之關善曰胡戎爲難舉兵而却也漢書曰金城郡有榆中縣南距羌莋之塞東當六國之從善曰漢書曰南夷自嶲東北君長十數莋都最大莋在洛切六國已見李斯書六國乘信陵之藉善曰漢書音義曰无忌常揔五國却秦有地資也明蘇秦之約厲荆軻之威并力一心以備秦然秦卒禽六國滅其社稷而并天下是何也則地

利不同而民輕重不等也今漢據全秦之地兼六國之衆修戎狄之義顔師古曰修恩義以撫戎狄而南朝羌莋此其與秦地相什而民相百大王之所明知也善曰言地多秦十倍民多百倍今夫讒諛之臣爲大王計者不論骨肉之義民之輕重國之大小以爲吴禍此臣所以爲大王患也夫舉吴兵以訾於漢李奇曰訾量也譬猶蠅蚋之附群牛腐肉之齧利劒鋒接必無事矣善曰說文曰秦謂之蚋楚謂之蚊蚋而鋭切齧猶當也天下聞吴率失職諸侯願責先帝之遺約今漢親誅其三公以謝前過善曰謂誅鼂錯也錯爲御史大夫故曰三公是大王威加於天下而功越於湯武也夫吴有諸侯之位而富實於天子有隱匿之名而居過於中

國韋昭曰隱匿謂僻在東南夫漢并二十四郡十七諸侯方輸錯出張晏曰漢時有二十四郡十七王也善曰此言貢獻之多方輸四方更輸錯雜而出也軍行數千里不絕於郊其珍怪不如山東之府如淳曰山東吳王之府藏也善曰錯出張云錯互出攻則謂興軍遠行也軍一爲運錯出謂四方更輸交錯出獻之而行也轉粟西鄉陸行不絕水行滿河不如海陵之倉如淳曰言漢京師仰須山東漕運以自給耳臣瓚曰海陵縣名有吳太倉脩治上林雜以離宮積聚玩好圈守禽獸不如長洲之苑服虔曰吳苑也韋昭曰長洲在吳東游曲臺臨上路不如朝夕之池張晏曰曲臺長安臺臨道上也蘇林曰以海水朝夕爲池深壁高壘副以關城不如江淮之險此臣之所爲大王樂也今大王還兵疾歸尚得十半善曰言王早還兵十分之中得半安全不然漢知吳有

吞天下之心赫然加怒遣羽林黃頭循江而下蘇林曰羽林黃頭郎習水戰者襲大王之都魯東海絕吳之饟道善曰吳饟軍自海入河故命魯國入東海郡以絕其道也地里志有魯國及東海郡梁王飾車騎習戰射積粟固守以偪滎陽待吳之飢大王雖欲反都亦不得已夫三淮南之計不負其約晉灼曰吳楚反皆守約不從也齊王殺身以滅其迹晉灼曰齊孝王將閭也吳楚反堅守距三國不從後欒布等聞初與三國有謀欲伐之王懼自殺善曰漢書曰齊王聞吳楚平乃自殺今乘巳言之漢書與此必有一誤也四國不得出兵其郡晉灼曰膠東膠西濟北菑川四國王也發兵應吳楚趙囚邯鄲此不可掩亦已明矣應劭曰漢將酈寄圍趙王於邯鄲與囚無異也善曰杜預注左氏傳曰掩匿也今大王已去千里之國而制於十里之內矣張晏曰吳地方千里梁下屯兵方十

里言王必見制於此地張韓將北地如淳曰張張羽韓韓安國也善曰將北地謂將兵在吳軍之北也弓高宿左右服虔曰弓高侯韓頹當也如淳曰宿軍左右兵不得下壁軍不得太息臣竊哀之願大王孰察焉

詣建平王上書

江文通梁書曰宋建平王景素好士淹隨在南兗州廣陵令郭彥文得罪辭連淹繫州獄中上書景素覽書即出之

昔者賤臣叩心飛霜擊於燕地淮南子曰鄒衍盡忠於燕惠王惠王信譖而繫之鄒子仰天而哭正夏而天爲之降霜春秋考異郵曰相公殺賢吏民含痛流涕叩心庶女告天振風襲於齊臺淮南子曰庶女告天雷電下擊景公臺隕海水大出許慎曰庶女齊之少寡無子養姑姑無男有女女利母財而殺母以誣告寡婦婦不能自解故寃告天司馬彪莊子注曰襲入也下

官每讀其書未嘗不廢卷流涕沈約書曰郡縣爲封國者内史相並於國主稱臣去任便止世祖孝建中始改此制爲下官太史公曰始齊之蒯通讀樂毅報燕書未嘗不廢書而泣也楊雄見屈原作離騷悲其文讀之流涕也何者士有一定之論女有不易之行淮南子文也高誘曰士有同志同德其交接有一會而分定故曰有一定之論也貞女專一亦無二心雖有偏喪不須更醮故曰有不易之行信而見疑貞而爲戮是以壯夫義士伏死而不顧者此也史記曰屈原信而見疑忠而被謗能無怨乎法言曰壯夫不爲左氏傳曰義士猶或非之又曰君子曰臣治煩去惑者也是以伏死而争李陵與蘇武書曰足下遭時不遇至於伏劒不顧下官聞仁不可恃善不可依謂徒虛語乃今知之馬遷悲士不遇賦曰理不可據智不可恃鄒陽書曰臣常以爲然徒虛語耳又曰臣始不信今乃知之伏願大王暫停左右少加憐察鄒陽書曰左右不明卒從吏訊又曰願王熟察少加憐焉

下官本蓬戶桑樞之人布衣韋帶之士淮南子曰處窮僻之鄉蓬戶甕牖揉桑以爲樞此齊人所謂形植黎黑憂悲而不得志也高誘曰編蓬爲戶揉桑條爲戶樞說苑唐且謂秦王曰大王嘗聞布衣韋帶之士怒乎伏尸二人流血五步退不飾詩書以驚愚進不買名聲於天下淮南子曰古之人同氣于天地與一世而優游及僞之生飾智以驚愚設詐以巧上又曰周室衰而王道廢儒墨於是博學疑聖飾詩書以買名譽於天下日者謬得升降承明之闕出入金華之殿漢書帝賜嚴助書曰君猒承明之廬又曰班伯少受詩於師丹上方向學鄭寬中張禹朝夕入說尚書論語於金華殿中詔伯受焉何常不局影凝嚴側身扃禁者乎詩序曰側身脩行班婕妤自傷賦曰應門閉兮禁闥扃竊慕大王之義復爲門下之賓備鳴盜淺術之餘豫三五賤伎之末史記曰孟嘗君入秦昭王乃因孟嘗君謀欲殺之孟嘗君謀欲使人抵昭王幸姬求解姬曰妾願得君狐

白裘此時孟嘗君有一狐白裘入獻之昭王無他裘孟嘗君患之徧問客莫能對最下爲狗盜者曰臣能得狐白裘乃夜爲狗以入秦宮藏中取所獻狐白裘至以獻幸姬姬爲言昭王孟嘗君得出馳去至關關法雞鳴出客孟嘗君恐追至客之居下坐者能爲雞鳴遂得出之如食頃追至關已後孟嘗君乃還抱朴子軍術曰大將軍當明案九宮視年在宮常就三居五五爲死三爲生能知三五横行天下司馬遷書曰使得奏薄伎

大王惠以恩光顧以顏色鄭玄詩箋曰爲光言天子恩澤光耀被及己也曹植鼙歌曰長者賜顏色泰山可動移實佩荆卿黄金之賜竊感豫讓國士之分矣燕丹子曰荆軻之燕太子東宮臨池而觀軻拾瓦投鼃太子令人奉盤金轉用抵抵盡復進軻曰非爲太子愛金但臂痛耳史記趙襄子數豫讓曰子嘗事范中行氏智伯滅之不爲報讎臣事智伯死而子何獨爲報讎也豫讓曰中行氏衆人遇我我故衆人報之智伯國士遇我我故國士報之常欲結纓伏劒少謝萬一左氏傳曰衛太子迫孔悝於厠強盟之子路曰太子无勇若燔臺半必舍孔叔太子聞之懼下石乞

孟厭黨敵子路以戈擊之斷纓子路曰君子死冠不免結纓而死又曰晉侯殺里克公使謂之曰子弒二君與一大夫爲子君者不亦難乎對曰臣聞命矣伏劒而死莊子曰弁堈曰今於道秋毛之端万分未得處一焉**剖心摩踵以報所天**鄒陽上書自明曰剖心析肝孟子曰墨子兼愛摩頂致於踵利天下爲之劉熙曰致至也左氏傳箴尹克黃曰君天也何休曰君者臣之天**不圖小人固陋坐貽謗缺**楊惲書曰言固陋之愚也**迹墜昭憲身恨幽圄**陸機謝內史表曰幽縶囹圄當爲誅始**履影弔心酸鼻痛骨**詩曰顧瞻周道中心弔兮高唐賦曰孤子寡婦寒心酸鼻太子丹謂麴武曰今秦王反戾天常每念之痛入骨髓**下官聞虧名爲辱虧形次之**尸子曰衆以虧形爲辱君子以虧義爲辱**是以每一念來忽若有遺**李陵荅蘇武書曰每一念至忽然亡生**加以涉旬月迫季秋天光沈陰左右無色**司馬遷荅任少卿書曰今少卿抱不測之罪涉旬月迫季冬呂氏春秋曰行秋令則天多沈陰蔡邕月令

章句曰陰者密雲也沈者雲之重也身非木石與獄吏爲伍司馬遷荅任少卿書曰身非木石獨與法吏爲伍此少卿所以仰天搥心泣盡而繼之以血也李陵与蘇武書曰何圖志未立而怨已成此陵所以仰天搥心而泣血也韓子曰卞和乃抱其璞而哭於楚山三日三夜泣盡繼之以血下官雖乏之鄉曲之譽然嘗聞君子之行矣燕丹子夏扶曰士无鄉曲之譽則未可以論行其上則隱於簾肆之閒卧於巖石之下漢書曰谷口有鄭子真蜀有嚴君平君平卜筮於成都市裁日閱數人得百錢足自養則閉肆下簾而授老子論衡谷口鄭子真耕於巖石之下名震京師次則結綬金馬之庭高議雲臺之上漢書曰蕭育与朱博友故長安語曰蕭朱結綬西都賦曰承明金馬著作之庭東觀漢記曰建初元年詔賈逵曰南宮雲臺使出左氏大義退則虜南越之君係單于之頸漢書曰南越与漢和親乃遣終軍使南越軍自請願受長纓必羈南越王而致闕下又賈誼曰

行臣之計請必係單于之頸而制其命俱啓丹册並圖青史漢書曰高祖論功定封以丹書之信重以白馬之盟又有青史子音義曰古史官記事寧當爭分寸之末競錐刀之利哉左氏傳曰叔向詒子産書曰錐刀之末將盡爭之下官聞積毁銷金積讒磨骨鄒陽上書曰衆口鑠金積毁消骨遠則直生取疑於盜金近則伯魚被名於不義漢書曰直不疑南陽人爲郎事文帝其同舍有告歸誤持其同舍郎金已而同舍郎覺妄意不疑不疑謝有之買金償後告歸者至而歸金亡金郎大慙范曄後漢書曰第五倫字伯魚京兆人舉孝廉補淮陽醫工長後從王朝京師得會帝戲倫謂倫曰聞卿爲吏篣婦公不過從兄飯寧有之耶倫對曰臣三娶妻皆无父少遭飢亂實不妄過人食帝大笑彼之二子猶或如是況在下官焉能自免昔上將之耻絳侯幽獄名臣之羞史遷下室司馬遷荅任少卿書曰絳侯誅諸呂囚於請室又曰而僕又茸以蠶室至如下

官當何言哉司馬遷書曰如僕尚何言哉夫魯連之智辭禄而不返史記曰秦使白起圍趙聞魯仲連責新垣衍秦軍遂引去平原君欲封仲連連謝終不肯受接輿之賢行歌而忘歸楚狂接輿已見鄒陽書子陵閉關於東越仲蔚杜門於西秦亦良可知也范曄後漢書曰嚴光字子陵會稽餘姚人少有高名與光武同游學及即位變名姓隱身不見趙岐三輔决録注曰張仲蔚扶風人也少與同郡魏景卿隱身不仕所居蓬蒿沒人若使下官事非其虚罪得其實亦當鉗口吞舌伏匕首以殞身莊子曰鉗墨翟之口燕丹子荊軻曰田光向軻吞舌而死何以見齊魯奇節之人燕趙悲歌之士乎左氏傳子方曰事子我而有私於其讎何以見魯衛之士漢書王先生謂鄒陽曰今子欲安之乎陽曰齊楚多辨智韓魏時有奇節吾將歷問之史記荊軻之燕高漸離悲歌擊筑荊軻和而歌於市中又曰趙大夫悲歌慷慨者也方今聖曆欽明天下樂業尚書曰放

勛欽明管子曰天下有道人樂其業青雲浮雒榮光塞河尚書中候曰成王觀于洛河沈璧禮畢王退俟至于日昧榮光並出幕河青雲浮洛青龍臨壇銜玄甲之圖吐之而去西洎臨洮土刀切狄道北距飛狐陽原淮南子曰秦之時丁壯丈夫西至臨洮狄道東至會稽浮石南至豫章桂林北至飛狐陽原高誘曰臨洮隴西之縣洮水出北狄道漢陽之臨洮也飛狐蓋在代郡飛狐山陽原蓋在太原莫不浸仁沐義照景飲醴而已楊雄覈靈賦曰文王之始起浸仁漸義會賢賛智賛音攢論語摘輔像曰帝率握炤景飲醴蓂莢爲厤宋均曰炤景謂景星所炤也而下官抱痛圓門含憤獄戶周禮曰以圜土教罷民鄭司農曰圜土獄城也一物之微有足悲者家語孔子謂哀公曰一物失理亂亡之端此思憂則憂可知矣仰惟大王少垂明白則梧丘之魂不愧於沈首鵠亭之鬼無恨於灰骨晏子春秋曰景公田於梧丘夜坐睡夢見五丈夫倚徒稱无罪公問晏子曰昔先公靈公出畋有五丈夫

來鷩獸悉斷其頭而葬之命曰文夫丘命人掘之五頭同穴公令厚葬之乃恩及白骨說苑曰景公畋於梧丘謝承後漢書曰蒼梧廣信女子蘇娥行宿高安鵠巢亭爲亭長龔壽所殺及婢致富取其財物埋致樓下交阯刺史周敞行部宿亭覺壽姦罪奏之殺壽列異傳曰鵠奔亭不任肝膽之切敬因執事以聞

啓

奉荅勑示七夕詩啓一首

任昉集詔曰聊爲七夕詩五韻殊未近詠歌卿雖訥於言辯於才可即制付使者

任彥昇

臣昉啓奉勑并賜示七夕五韻竊惟帝迹多緒俯同不一春秋合誠圖曰黃帝布迹必稽功務法宋均曰迹行迹謂功績也春秋保乾圖曰帝異緒託情風

什希世罕工毛詩題曰關雎之什魯靈光殿賦曰邈希世而特出雖漢在四世魏稱三祖四世漢武帝也三祖謂魏武文明也魏志高貴鄉公詔曰昔三祖神武聖德應天受祚寧足以繼想南風克諧調露家語曰昔者舜彈五絃琴造南風之詩其詩曰南風之薰兮可以解吾民之慍兮南風之時兮可以阜吾民之財兮王肅曰薰風至貌也樂動聲儀曰時元氣者受氣於天布之於地以時出入物者也四時之節動靜各有分職不得相越謂調露之樂也宋均曰調露調和致甘露也使物茂長之樂也性與天道事絕稱言論語子貢曰夫子之文章可得而聞也夫子之言性與天道不可得而聞也豈其多幸親逢旦暮左氏傳羊舌職曰民之多幸國之不幸莊子曰萬世之後而一遇大聖知其解者是旦暮遇也臣早奉龍潛與貧焉而入室易曰潛龍勿用法言曰若以孔門用賦賈誼升堂相如入室晚屬天飛比嚴徐而待詔易曰飛龍在天利見大人荅賓戲曰泥蟠天飛者應龍之神也漢書曰嚴安徐樂上疏言世務上召

見乃拜樂安偕爲郎中又曰東方朔待詔金馬門惟君知臣見於訥言之旨左氏傳君子曰古人有言曰知臣莫若君論語子曰君子欲訥於言而敏於行取求不疵表於辯才之戲左氏傳曰初申侯有寵於楚文王文王曰唯我知汝汝專利而不猒余取余求不汝疵瑕也裴詭集有辯才論謹輙牽率庸陋式訓天奬拙速雖効蚩鄙已彰孫子兵法曰兵聞拙速未睹工久陳琳牋曰蚩鄙益著閻纘上詩表曰勞者歌其事貴露蚩鄙臨啓慚恧女六切罔識所寘謹啓

為卞彬謝脩卞忠貞墓啓一首蕭子顯齊書曰卞彬字士蔚官至綏建太守卒濟陰卞録曰壼字望之永嘉中除著作郎蘇峻稱兵爲尚書令右將軍領右衛峻至東陵口六軍敗績壼乗馬被甲赴賊二子眕盱見父去隨從俱爲賊所害贈侍中開府謚忠貞公眕音真忍切盱休于切

任彦昇

臣彬啓伏見詔書并鄭義泰宣勑當賜修理臣亡高祖晉故驃騎大將軍建興忠貞公壼墳塋臣門緒不昌天道所昧忠遘身危孝積家禍名教同悲隱淪惆悵王隱晉書述曰壼及二子死徵士翟湯聞而嘆曰父爲忠臣子爲孝子忠孝之道萃於一門可謂賢哉名教謂王隱隱淪謂翟湯世說樂廣曰名教中自有樂地桓子新論曰天下神人五二曰隱淪而年世貿遷孤裔淪塞廣雅曰貿易也遂使碑表蕪滅丘樹荒毀狐兎成穴童牧哀歌桓子新論曰雍門周以琴見孟甞君曰臣切悲千秋萬歲後墳墓生荆棘狐兎穴其中樵兒牧豎躑躅而歌其上也感慨自哀日月纒迫劉公幹贈五官中郎詩曰感慨以長歎陛下引宣教義非求効於方今杜預左氏傳序曰引宣祖業仲長子昌言曰引之於教義說苑曰聖王布德施惠非求報

於百姓也壹餘烈不泯固陳力於異世春秋元命苞曰文王積善所潤之餘烈論語子曰周任有言曰陳力就列不能者止但加等之渥近闕於晉典左氏傳曰凡諸侯薨於朝會加一等死王事加二等樵蘇之刑遠流於皇代戰國策顏觸謂齊王曰秦攻齊令曰敢有去柳下季壟五十步樵採者罪死不赦臣亦何人敢謝斯幸不任悲荷之至謹奉啓事以聞謹啓

啓蕭太傅固辭奪禮一首劉璠梁典曰昉爲尚書殿中郎父憂去職居喪不知鹽味冬月單衫廬于墓側齊明作相乃起爲建武將軍驃騎記室再三固辭帝見其辭切亦不能奪

任彥昇

昉啓近啓歸訴庶諒窮款奉被還旨未垂哀察悼心失

圖泣血待旦左氏傳楚蘧啓彊曰孤與二三臣悼心失圖毛詩曰鼠思泣血尚書曰坐以待旦君於品庶示均鎔造鵩鳥賦曰品庶每生倉頡篇曰鎔炭鑪所以行銷鐵也干祿祈榮更爲自拔論語曰子張學干祿虧教廢禮豈闕視聽言已之所陳但正虧教而廢禮豈敢闕白於視聽哉所不忍言具陳茲啓言事迫情切口不忍言故陳此啓公羊傳曰謂之新宮不忍言也昉往從末宦祿不代耕晉中興書簡文詔曰祿不代耕非經通之制也飢寒無甘旨之資限役廢晨昏之半禮記曰命士已上父子皆異宮昧爽而朝慈以旨甘鄭玄曰慈愛敬進之也又曰凡爲人子之禮冬溫而夏清昏定而晨省膝下之懽已同過隙孝經曰故親生之膝下以養父母禮記曰君子三年之喪二十五月而畢若駟之過隙然而遂亟之則是无窮几筵之慕幾何可憑孫卿子孔子謂魯哀公曰君入廟而右登自阼階仰視榱棟俛見几筵其器存其人亡君以此思哀則哀將焉不至矣左氏傳曰人壽幾

何

且奠酹不親如在安寄鄭玄周禮注曰喪所薦饋曰奠聲類曰酹以酒祭地也酹力外切論語子曰吾不与祭如不祭又曰祭神如神在晨暮寂寥閴苦覔切若無主埤蒼曰閴靜也喪服傳曰无主者其无祭主王隱晉書曰傳咸遭繼母憂上書曰咸身无兄弟到官之日喪祭无主所守既無別理窮咽豈及多喻呂安荅嵇康論曰易了之理不在多喻

明公功格區宇感通有塗尚書曰時則有若伊尹格于皇天東京賦曰區宇乂寧周易曰寂然不動感而遂通若霈然降臨賜寢嚴命孟子曰沛然下雨是知孝治所被爰至無心孝經曰昔者明王之以孝治天下也韓詩外傳曰阿谷之女謂子貢曰吾鄙野之人僻陋无心錫類所及匪徒教義毛詩曰孝子不匱永錫尒類不任崩迫之情謹奉啓事陳聞謹啓

文選卷第三十九

賜進士出身通奉大夫江南蘇松常鎮太等處承宣布政使司布政使胡克家重校刊

文選卷第四十

梁昭明太子撰

文林郎守太子右内率府録事參軍事崇賢館直學士臣李善注上

彈事

牋

奏記

彈事

任彥昇梁典曰高祖即位昉爲吏部郎遷中丞

御史中丞臣任昉稽首言：臣聞將軍死綏，咫步無却。司馬法曰：將軍死綏。注曰：綏，却也。有前一尺，無却一寸。杜預左氏傳注曰：古名退軍爲綏。顧望避敵，逗橈奴教切有刑。漢書曰：廷尉王恢逗橈，當斬。音義曰：逗，曲行避敵也。橈，顧望也。至乃趙母深識，乞不爲坐；史記曰：趙王將使趙括爲將，其母上書曰：括不可使將。王曰：母置之，吾已決矣。母曰：王終遣之，即有不稱，妾得無坐乎？王許諾。魏主著令，抵罪已輕。魏志：太祖令曰：自命將征行，但賞功而不罰罪，非國典也。其諸侯將出征，敗軍者抵罪，失利者免官。是知敗軍之將，身死家戮，爰自古昔，明罰斯在。魏志：太祖令曰：將者軍破於外，而家受罪于內也。漢書：廣武君曰：敗軍之將，不可以語勇。新序曰：臣侮其主，身死，妻子爲戮。呂氏春秋曰：民有逆天之道者，罪死家戮也。臣昉頓首頓首，死罪死罪。竊尋獯獫侵軼暫擾疆陲王師薄伐所向風靡獯獫謂後魏也魏收後魏書曰太祖道武諱珪改稱魏王左氏傳曰北戎侵鄭鄭伯曰彼徒我車懼其侵軼我也杜預曰軼突也毛詩曰於鑠王師又曰薄伐玁狁至于太原晉起居注曰檀道濟所向風靡是以淮徐獻捷河兖凱歸尚書曰海岱及淮惟徐州左氏傳曰齊侯來獻戎捷尚書曰濟河惟兖州周禮曰師有功則凱樂東關無一戰之勞塗中罕千金之費吳歷曰諸葛恪作東關魏軍距之恪令丁奉等兵便亂斫遂大破北軍歷陽郡圖經曰東關歷陽縣西南一百里史記蔡澤曰白起一戰舉鄢郢吳志曰晉命鎮東大將軍司馬伷向塗中伏滔北征記曰金城西沂澗魏步道所出也文子曰起師十萬日費千金張湛曰日有千金之費而司部懸隔斜臨寇境沈約宋書曰宋世分郢州爲司州故使狄虜憑陵淹移歲月杜預左氏傳注曰狄狄猾也左氏傳子産曰今陳介恃楚衆憑陵弊邑故司州刺史蔡道恭劉璠梁典曰天監三年司州刺史漢壽伯蔡道恭卒於圍

道恭少以勇力聞及病猶自力行城數日不能起聞戰鼓聲憤叱而卒衆猶拒守無有二心攻圍二年無有叛者入秋霖雨洪澍一夜城穨壯士猶戰不降及城陷擒其餘衆求恭屍卒不能得率厲義勇奮不顧命潘安仁汧馬督誄曰率厲有方司馬遷書曰常思奮不顧身全城守死自冬徂秋潘安仁汧馬督誄大將軍疏曰臨危奮節保穀全城論語子曰守死善道猶有轉戰無窮亟摧醜虜史記曰驃騎將軍轉戰過烏支山毛詩曰鋪敦淮濆仍執醜虜方之居延則陵降而恭守比之疎勒則耿存而蔡亡漢書曰武帝遣驃騎都尉李陵將兵五千人出居延北與單于戰陵兵敗降匈奴范曄後漢書曰耿恭字伯宗爲戊己校尉恭以疏勒城傍有澗水可固乃據之匈奴復來攻恭於城中穿井十五丈不得水恭仰嘆曰聞昔貳師將軍取佩刀刺山飛泉涌出今漢德神明豈有窮哉乃整衣服向井再拜爲吏士禱有飛泉奔出衆皆稱萬歲乃令吏士揚水示虜虜以爲神明引去也若使郢部救兵微接聲援鄒陽上書曰臣恐救兵之不專

英雄記曰袁術嚴兵爲呂布作聲援則單于之首久懸北闕漢書宣帝詔曰傅介
子斬樓蘭王安歸首懸之北闕豈直受降可築涉安啓土而巳哉漢書
曰武帝遣因杅將軍公孫敖築塞外受降城杅音盂又曰涉安侯於單于以匈奴單于太子降尚書曰建邦啓
土寔由郢州刺史臣景宗受命致討不時言邁晉起居注詔曰
檀道濟奉命致討所向風靡毛詩曰旋車言邁故使蝟音謂結蟻聚水草有
依漢書曰賈誼曰高帝王功臣反者蝟毛而起吳志曰錢唐大帥种式等蟻聚爲寇漢書曰獫狁獯粥居于
邊地逐水草遷徙方復按甲盤桓緩救資敵魏志曰司馬文王征諸葛誕六軍按
甲而誕自困廣雅曰盤桓不進也李斯上書曰今逐客以資敵遂令孤城窮守力屈凶
威謝承後漢書胡爽曰耿恭以甲兵守孤城於絕域史記李左車謂韓信曰今足下情見力屈欲戰不拔左
氏傳晉温季曰逃威也杜預曰凶賊爲害故曰威也雖然猶應固守三關更謀進

取而退師延頸自貽虧衂劉璠梁典曰宣城王以冠軍將軍曹景宗爲郢州刺史初司州被圍詔荆郢發兵往援曹景宗爲都督及荆州援軍至三關頓兵不進聞司州没即日退還延頸敵人縱暴緣邊景宗不能禦禁遂失三關諸戍有司奏罰罪景宗聞之輙去州伏闕泥首待罪帝一無所問三關延頸二戍名也管子曰民無恥不可以固守漢書曰諸將曰楚數進取如淳曰進取多所攻也毛詩曰自貽伊戚陳琳檄豫州曰傷夷折衂衂折挫也疆埸侵駭職是之由左氏傳曰齊人侵魯疆疆吏來告公曰疆埸之事慎守其一又范宣子數諸戎曰言語漏泄則職汝之由不有嚴刑誅賞安寘史記曰繁法嚴刑而天下振西征賦曰峻徒御以誅賞毛萇詩傳曰寘置也主謂爲主首景宗即主也王隱晉書庾純自劾曰醉酒荒迷昏亂儀度即主臣謹按河南尹庾純云云然以主爲句則臣當下讀也

謹案使持節都督郢司二州諸軍事左將軍郢州刺史湘西縣開國侯臣景宗擢自行間遘茲多幸漢書衛青曰臣幸得

待罪行閒左氏傳羊舌職曰民之多幸國之不幸也**指蹤非擬獲獸何勤**漢書曰上先封蕭何爲酇侯功臣皆曰蕭何未有汗馬勞顧居臣等上何也上曰諸君知獵乎曰知之上曰知獵狗乎曰知之上曰夫獵追殺者狗也而發蹤指示獸處者人也今諸公徒能走得獸者功狗也如蕭何發蹤指示功人也羣臣莫敢言**賞茂通侯榮高列將**漢書蘇武謂李陵曰武父子位列將爵通侯應劭曰通侯者言其功德通於王室張晏曰後改爲列侯列侯見序列也方言曰列班列也**負檐裁弛鍾鼎遽列**左傳曰齊侯使敬仲爲卿辭曰弛於負檐君之惠也又曰宋左師每食擊鍾家語曰子路南遊楚列鼎而食廣雅曰列陳也**和戎莫効二八巳陳**左氏傳曰鄭人賂晉侯以女樂二八晉侯以樂之半賜魏絳曰子教寡人和諸戎狄也**自頂至踵功歸造化**孟子曰墨子兼愛摩頂致於踵趙岐曰致至也淮南子曰大丈夫恬然無爲與造化逍遥也**潤草塗原豈獲自巳**喻巴蜀曰肝腦塗中原膏液潤野草而不辭也**且道恭云逝城守累旬景**

宗之存一朝棄甲史記曰沛令閉城守左氏傳曰宋華元爲植巡功城者謳曰睅其目皤其腹棄甲而復生曹死蔡優劣若是惟此人斯有靦面目毛詩曰彼何人斯居河之湄又曰有靦面目視人罔極毛萇曰靦姡也鄭玄曰汝姡然有面目也昔漢光命將坐知千里東觀漢記曰代郡太守劉興將數百騎攻賈覽上狀檄至光武知其必敗報書曰欲復進兵恐失其頭首也詔書到興已爲覽所殺長史得檄以爲國家坐知千里也魏武置法案以從事魏書曰太祖自作兵書諸將征伐皆以新書從事從令者克捷違教者負敗故能出必以律錙銖無爽周易曰師出以律鄭玄禮記注曰八兩爲錙漢書曰二十四銖爲兩伏惟聖武英挺略不世出漢書蒯通說韓信曰功無二於天下略不世出料敵制變萬里無差趙充國頌曰料敵制勝威謀靡亢奉而行之實引廟筭西征賦曰彼雖衆其焉用故制勝於廟筭孫子曰夫未戰而廟筭勝得筭多也惟此庸固理

絶言提晉起居注宋公表曰臣寔庸固毛詩曰匪面命之言提其耳自逆胡縱逸久患諸夏劉琨勸進表曰逆胡劉曜縱逸西都漢書匈奴傳贊曰久矣夷狄之爲患聖朝乃顧將一車書汧馬督誄曰聖朝西顧関右震惶禮記曰書同文車同軌愍彼司氓致辱非所晉起居注曰大司馬表曰園陵辱於非所早朝永嘆載懷矜惻致茲虧喪何所逃罪宜正刑書肅明典憲左氏傳仲尼曰叔向古之遺直也邢侯之獄言其貪也以正刑書臣謹以劾請以見事免昙宗所居官下太常削爵土收付廷尉法獄治罪其軍佐職僚偏裨將帥絓胡卦切諸應及咎者別攝治書侍御史隨違續奏臣謹奉白簡以聞云云

奏彈劉整一首沈約齊紀曰整宋吳興太守兄子也歷位持節都督交廣越三州也

任彦昇

御史中丞臣任昉稽首言臣聞馬援奉嫂不冠不入氾毓字孤家無常子東觀漢記曰馬援事寡嫂雖在閫内必衣冠然後入見王隱晉書曰氾毓字稚春濟北人也敦睦九族青土號其家兒無常母衣無常主也氾音凡毓音育是以義士節夫聞之有立左氏傳臧哀伯曰武王克商遷九鼎於洛邑義士猶或非之東京賦曰貞夫懷節班固漢書贊曰孟子曰聞伯夷之風懦夫有立志千載美談斯爲稱首公羊傳曰魯人至今以爲美談封禪書曰永保鴻名而常爲稱首也臣昉頓首頓首死罪死罪謹案齊故西陽内史劉寅妻范詣臺訴列稱出適劉氏二十許年劉氏喪亡撫養孤弱叔郎整常欲傷害侵奪分前奴教子當伯並已入衆又以錢婢姊妹弟温仍留奴自使

伯又奪寅息逡婢緑草私貨得錢並不分逡寅第二庶息師利去歲十月往整田上經十二日整便責范米六𣂰哺食米未展送忽至戶前隔箔攘拳大罵突進房中屏風上取車帷準米去二月九日夜婢采音偷車欄夾杖龍牽范問失物之意整便打息逡整及母并奴婢等六人來至范屋中高聲大罵婢采音舉手查范臂求攝檢如訴狀輒攝整亡父舊使奴海蛤到臺辯問列稱整亡父興道先爲零陵郡得奴婢四人分財以奴教子乞大息寅亡寅後第二弟整仍奪教子云應入衆整便留自使婢姊及弟各准錢五千文不分逡其奴當伯先是衆奴整

兄弟未分財之前整兄寅以當伯貼錢七千共衆作田寅
罷西陽郡還雖未别火食寅以私錢七千贖當伯仍使
上廣州去後寅喪亡整兄弟後分奴婢唯餘婢緑草入
衆整復云寅未分財贖當伯又應屬衆整意貪得當伯
推緑草與逡整規當伯還擬欲自取當伯遂經七年不
返整疑已死亡不迴更奪取婢緑草貨得錢七千整兄
弟及姊共分此錢又不分逡寅妻范云當伯是亡夫私
贖應屬息逡當伯天監二年六月從廣州還至整復奪
取云應充衆准雇借上廣州四年夫直今在整處使進
責整婢采音劉整兄寅第二息師利去年十月十二日

忽往整墅停住十二日整就兄妻范求米六斗哺食范
未得還整怒仍自進范所住屏風上取車帷爲質范送
米六斗整即納受范今年二月九日夜失車欄子夾杖
龍牽等范及息逡道是采音所偷整聞聲仍打逡范喚問
何意打我兒整母子爾時便同出中庭隔箔與范相罵婢
采音及奴教子楚玉法志等四人于時在整母子左右
整語采音其道汝偷車校具汝何不進裏罵之既進爭
口舉手誤查范臂車欄夾杖龍牽實非采音所偷進責
寅妻范奴苟奴列孃去二月九日夜失車欄夾杖龍牽疑是
整婢采音所偷苟奴與郎逡往津陽門糴米遇見采音

在津陽門賣車欄龍牽苟奴登時欲捉取遂語苟奴已爾不須復取苟奴隱僻少時伺視人買龍牽售五千錢苟奴仍隨遂歸宅不見度錢並如采音苟奴等列狀粗與范訴相應重覈當伯教子列孃被奪今在整處使悉與海蛤列不異以事訴法令史潘僧尚議整若輒略兄子遂分前婢貨賣及奴教子等私使若無官令輒收付近獄測治諸所連逮絓應洗之源委之獄官悉以法制從事如法所稱整即主昭明刪此文大略故詳引之令與彈相應也臣謹案新除中軍參軍臣劉整閭閻闒茸名教所絕史記太史公曰李斯自閭閻歷諸侯弔屈原曰闒茸尊顯讒諛得志世說曰王平子胡毋彥國諸人皆任放為達或有裸體樂廣曰

名教中自有樂地何爲乃爾直以前代外戚仕因紈袴漢書曰班伯出與王許子
弟爲羣在綺襦紈袴之閒非其好也惡積釁稔親舊側目左氏傳萇引曰毛得必士是昆
吾稔之日也杜預曰稔熟也惡積與桀同誅漢書邳都傳列侯宗室見都側目而視理絶通問而
妄肆醜辭謂大罵也禮記曰嫂叔不通問諸母不漱裳包咸論語注曰肆極意敢言也詩曰好言自
口莠言自口毛萇曰莠醜也終夕不寐而謬加大杖謂打遂也謝承後漢書曰或問
弟五倫曰公有私乎對曰吾兄子嘗病一夜十往退而安寢吾子有病雖不省視而竟夕不眠若是者豈可謂
無私乎家語曰孔子謂曾子曰汝不聞乎昔瞽叟有子曰舜舜事瞽叟也小捶則待過大杖則逃走故瞽叟不
犯不父之罪而舜不失烝烝之孝薛包分財取其老弱范曄後漢書曰汝南薛包字孟
嘗好學篤行弟子求分異居包不能止乃中分其財奴婢引其老者曰與我共事久若不能使也田廬取其荒
頹者曰吾少時所治意所戀也器物取朽敗者曰我素所服食身口所安後徵拜侍中高鳳自

䃔爭訟寡嫂東觀漢書曰高鳳字文通南陽人也鳳年老聲名著聞太守連召請恐不得免自言鳳本巫家不應爲吏又與寡嫂詐訟田遂不仕未見孟嘗之深心唯斅文通之僞迹顏延年詠向秀曰深心託毫素袁彥伯名臣頌曰迹洿必僞昔人睦親衣無常主顏延年陶徵士誄曰睦親之行衣无常主已見上文整之撫姪食有故人謂責米也西京雜記曰公孫引起家徒步爲丞相故人齊高賀從之引食以脫粟飯覆以布被賀怨曰何用故人富貴爲脫粟布被我自有之引大慙賀乃告人曰公孫引內厨五鼎外饍一肴豈可以臨天下於是朝右疑其矯馬引歎曰寧逢惡賓不逢故人何其不能折契鍾庾而襜昌占切帷交質謂取車帷也漢書曰高祖從王媼武負貰酒兩家常折券棄責左氏傳晏子曰釜十則鍾杜預曰六斛四斗也包咸論語注曰十六斗爲庾詩曰漸車帷裳毛萇曰帷裳婦人車飾鄭玄曰帷裳童容也方言曰江淮謂襜褕爲童容也左氏傳曰鄭伯怨王王曰無之故周鄭交質人之無情一何至此莊子惠子謂莊

子曰人故無情乎莊子曰然惠子曰人而無情何謂之人實教義所不容紳冕所共棄仲長子昌言曰引之於教義嵇康絶交書曰世教所不容臣等參議請以見事免整所除官輒勒外收付廷尉法獄治罪諸所連逮應洗之源委之獄官悉以法制從事婢采音不款偷車龍牽請付獄測實其宗長及地界職司初無糾舉及諸連逮請不足申盡臣昉云云誠惶誠恐以聞

奏彈王源一首

沈休文吴均齊春秋曰永明八年沈約爲中丞

給事黄門侍郎兼御史中丞吴興邑中正臣沈約稽首言臣聞齊大非偶著乎前誥辭霍不婚垂稱往烈左氏

傳曰齊侯欲以文姜妻鄭太子忽忽辭人問其故太子曰人各有偶齊大非吾偶也漢書曰雋不疑爲京兆尹大將軍霍光欲以女妻之不疑固辭不肯當班固不疑述曰不疑膚敏應變當理辭霍不婚逡巡致仕

若乃交二族之和辨伉合之義升降窳隆誠非一揆禮記曰婚禮者將合二姓之好上以事宗廟下以繼後代也左氏傳施氏之婦怒施氏曰己不能庇其伉儷尚書曰道有升降政繇俗革吳都賦曰窳隆異等孟子曰先聖後聖其揆一也

固宜本其門素不相奪倫尚書曰八音克諧無相奪倫

使秦晉有匹涇渭無舛左氏傳曰晉公子重耳至於秦秦伯納女五人懷嬴與焉奉匜沃盥既而揮之怒曰秦晉匹也何以卑我孫綽子曰或問雅俗曰涇渭分流雅鄭異調

自宋氏失御禮教雕衰荅賓戲曰周失其御

衣冠之族日失其序范曄後漢書霍諝奏記曰宋光衣冠子孫袁子正書曰古者命士已上皆有冠冕故謂之冠族左氏傳鄭莊公曰周之子孫日失其序

姻婭淪雜罔計廝音斯庶毛詩曰瑣瑣姻婭則

無臚仕毛萇曰兩壻相謂曰婭漢書曰有斷養卒如淳曰斷賤也販鬻祖曾以爲賈音古
道鄭玄周禮注曰居賣物曰賈明目臚顏曾無愧畏丁德禮厲志賦曰苟神祇之我
昭求明目而無怍孔安國尚書傳曰臚厚也毛詩曰不愧於人不畏於天若夫盛德之胄世
業可懷左氏傳史趙曰盛德必百世祀幽通賦曰違世業之可懷欒郤之家前徽未
遠左氏傳叔向曰欒郤胥原降在皁隷杜預曰晉舊臣之族也既壯而室竊貲莫非
皁隷禮記曰三十壯有室鄭玄曰有室有妻妻稱室也解嘲曰司馬長卿竊貲卓氏左氏傳曰人有十等士臣
皁又曰輿臣隷結褵以行箕箒咸失其所詩曰親結其褵九十其儀毛萇曰褵婦人
之幃也母戒女施衿結褵國語曰越王勾踐行成於吳曰一介適女執箕箒於王宮者也志士聞而
傷心舊老爲之歎息論語子曰志士仁人無求生以害仁也自宸歷御寓
引華典憲雖除舊布新而斯風未殄左氏傳曰有星孛於大辰申須曰彗

所以除舊布新也尚書曰商俗靡靡利口惟賢餘風未殄公其念哉陛下所以負扆於紀切興言思清弊俗者也禮曰天子負斧扆南向而立鄭玄曰負之言背也斧依爲斧文屏風扆與依同詩曰興言出宿尚書曰弊化奢麗萬世同流臣實儒品謬掌天憲范曄後漢書劉陶上疏曰今權臣口含天憲雖埋輪之志無屈權右范曄後漢書曰張綱字文紀爲侍御史順帝遣八使詢風俗餘人受命之部綱獨埋其車輪於洛陽都亭曰豺狼當路安問狐狸遂奏大將軍梁冀東觀漢記曰皇甫嵩上言四姓權右咸各歛手也而狐鼠微物亦蠹大猷應璩詩曰城狐不可掘社鼠不可熏晏子春秋景公問晏子曰治國亦有常乎對曰讒佞之人隱在君側猶社鼠不熏也去此乃治矣范曄後漢書虞延謂馬成曰尔民之巨蠹久依城社不畏熏燒毛詩曰秩秩大猷也風聞東海王源嫁女與富陽滿氏漢書曰尉佗曰風聞老夫父母墓已壞削賈逵國語注曰風采也采聽商旅之言也源雖人品庸陋胄實參華曾祖雅

位登八命檀道鸞晉陽秋曰王雅字茂德東海郯人爲右僕射周禮曰八命作牧鄭司農曰一州之牧也王之三公亦八命也祖少卿內侍帷幄父璿升采儲闈亦居清顯尚書曰亮采惠疇孔安國注曰采事也何法盛陳郡謝録曰謝石以有大勳遂居清顯源頻叨諸府戎禁豫班通徹應劭漢書注曰舊曰徹侯避武帝諱曰通侯也而託姻結好唯利是求左氏傳晉侯使呂相絶秦曰秦與晉出入秦惟利是視玷辱流輩莫斯爲甚孝經鉤命訣曰名毀行廢玷辱先人源人身在遠輒攝媒人劉嗣之到臺辯問嗣之列稱吳郡滿璋之相承云是高平舊族寵奮胤胄魏志滿寵字伯寧景初二年爲太尉薨子偉嗣世説曰偉弟子奮元康中至司隸校尉荀綽冀州記曰奮高平人也家計温足見託爲息鸞覓婚漢書董仲舒對策曰家温而食厚祿王源見告窮盡即索璋之簿閥漢書朱博曰王卿憂公齋閥閱詣府

音義曰明其等曰閥積功曰閱也見璋之任王國侍郎鸞又爲王慈吳郡正閤主簿吳均齊春秋曰王慈字伯寶早有令譽稍歷侍中吳郡太守源父子因共詳議判與爲婚璋之下錢五萬以爲聘禮娶妻及納徵皆曰聘周禮曰穀圭以聘女源先喪婦又以所聘餘直納妾如其所列則與風聞符同竊尋璋之姓族士庶莫辨滿奮身殞西朝胤嗣殄没武秋之後無聞東晉晉初都洛陽故曰西朝後在江東故曰東晉臧榮緒晉書陳畧有譽西朝干寶晉紀曰苗願殺司隸校尉滿奮荀綽冀州記曰滿奮字武秋公羊傳曰紀子伯者何謂無聞焉尔其爲虛託不言自顯王滿連姻寔駭物聽漢書音義曰連親婕也尚書大傳曰文王施政而物皆聽潘楊之睦有異於此潘岳楊仲武誄曰潘楊之睦有自來矣曹子建求自試表曰古之受爵禄者有異於此且買妾納媵因聘

爲資左氏傳鄭子產曰故志曰買妾不知其姓則卜之施衿之費化充牀笫儀禮曰女嫁母施衿結帨鄭玄曰帨佩巾也左氏傳曰趙武過鄭伯有賦鶉之賁賁趙孟曰牀笫之言不踰閾杜預曰笫簀也鄗情贄行造次以之蜀志諸葛亮表李平曰臣知平鄗情欲因行止之際逼臣取利也老子曰自伐無功自矜不長其在道曰餘食贅行王弼曰更爲疣贅也糾慝繩違允茲簡裁源即主言其違慝信當此簡之所貶裁尚書曰繩愆糾繆格其非心臣謹案南郡丞王源忝藉世資得參纓冕漢書音義曰無忌曰却秦有地資也同人者貌異人者心列子曰夏桀殷紂魯桓齊穆狀皃七竅皆同於人而有禽獸之心也以彼行媒同之抱布禮記曰男女非有行媒不相知名詩曰氓之蚩蚩抱布貿絲匪來貿絲來即我謀且非我族類往哲格言薰蕕不雜聞之前典左氏傳曰公欲求成于楚而叛晉季文子曰史佚之志有之非我族類其心必異論語考比讖曰格言成法家語顏回曰回聞

薰蕕不同器而藏浙馬督誄曰聞之前典豈有六卿之冑納女於管庫之人尚書曰六卿分職禮記曰晉文謂趙文子知人所舉晉國管庫之士七十有餘家鄭玄曰管管鍵者也宋子河魴同穴於輿臺之鬼毛詩曰豈其食魚必河之魴豈其娶妻必齊之姜豈其食魚必河之鯉豈其娶妻必宋之子又曰穀則異室死則同穴左氏傳曰皁臣輿又曰僕臣臺高門降衡雖自己作陸雲荅兄書曰高門降衡脩庭樹蓬蔑祖辱親於事爲甚說文懱輕易也蔑與懱古字同此風弗翦其源遂開點世塵家將被比屋尚書大傳曰周民可比屋而封宜寘以明科黜之流伍使已汚之族永愧於昔辰方媾之黨革心於來日賈子曰宋昭公革心易行臣等參議請以見事免源所居官禁錮終身輒下禁止視事如故言禁止其視事之法當如故事也源官品應黃紙臣輒奉白簡以聞

臣約誠惶誠恐云云

牋

答臨淄侯牋

楊德祖典略曰楊脩字德祖太尉彪子謙恭材博自魏太子以下並争與交好又是時臨淄侯以才捷愛幸秉意投脩數與脩書脩荅牋後曹公以脩前後漏泄言教交關諸侯乃收殺之

脩死罪死罪不侍數日若彌年載毛萇詩傳曰彌終也豈由愛顧之隆使係仰之情深邪損辱嘉命蔚矣其文易曰君子豹變其文蔚也誦讀反覆雖諷雅頌不復過此說文曰諷誦也若仲宣之擅漢表陳氏之跨冀域徐劉之顯青豫應生之發魏國斯

皆然矣仲宣投劉表寓流楚壤故云漢表孔璋窘身袁氏故云冀域偉長淹留高密故云青也公幹淪飄許京故云豫德璉時居汝潁汝潁太祖食邑故云魏也至於脩者聽采風聲仰德不暇尚書曰樹之風聲自周章於省覽何遑高視哉家語曰孔子出乎四門周章遠望曹植書曰足下高視於上京也伏惟君侯少長貴盛體發旦之資有聖善之教發武王名也旦周公名也毛詩曰凱風自南吹彼棘心母氏聖善我無令人遠近觀者徒謂能宣昭懿德光贊大業而已毛詩曰宣昭義問又曰人之秉彝好是懿德周易曰富有之謂大業不復謂能兼覽傳記留思文章今乃含王超陳度越數子矣漢書桓譚曰楊子之書文義至深必度越諸子矣觀者駭視而拭目聽者傾首而竦耳非夫體通性達受之自然其孰能至於此乎老子曰天法道道法自然鍾會曰莫知所出故曰自

然又嘗親見執事握牘持筆有所造作若成誦在心借即
書於手曾不斯須少留思慮仲尼日月無得踰焉論語子貢
曰仲尼不可毁也仲尼日月也無得而踰焉脩之仰望殆如此矣是以對鷃
而辭作暑賦彌日而不獻植爲鷃鳥賦亦命脩爲之而脩辭讓植又作大暑賦而脩
亦作之竟日不敢獻見西施之容歸增其貌者也越絶書曰越王乃飾美女西施
鄭巴使大夫種獻之於吴王伏想執事不知其然猥受顧錫教使刊
定鄭玄禮記注曰刊削也春秋之成莫能損益吕氏淮南字直千
金然而弟子箝口市人拱手者聖賢卓犖固所以殊絶
凡庸也史記曰孔子在位聽訟文辭有可與共者弗獨有也至於爲春秋筆則筆削則削子夏之徒不
能贊一辭桓子新論曰秦吕不韋請迎高妙作吕氏春秋漢之淮南王聘天下辯通以著篇章書成皆布之都

市懸置千金以延示衆士而莫能有變易者乃其事約豔體具而言微也今之賦頌古詩之
流不更孔公風雅無別耳兩都賦序曰賦者古詩之流也文雖出此而意微殊脩
家子雲老不曉事強著一書悔其少作曹植書曰楊雄猶稱壯夫不爲
楊子法言或問吾子少好賦曰然童子彫蟲篆刻俄而曰壯夫不爲少失照切若此仲山周旦
之儔爲皆有愆邪毛詩序曰七月周公遭變陳王業之艱難然詩無仲山甫作者而吉父美
仲山父之德未詳德祖何以言之君侯忘聖賢之顯迹述鄙宗之過言
竊以爲未之思也楚辭曰吾聞作忠以造怨忽謂之過言論語曰未之思也若乃不
忘經國之大美流千載之英聲曹植書曰采庶官之實録成一家之言東京賦
曰忘經國之長基封禪書曰飛英聲銘功景鍾書名竹帛國語晉悼公曰昔克路之役秦
來圖敗晉功魏顆以其身却退秦師于輔氏親止杜回其勳銘于景鍾韋昭曰景鍾景公鍾也墨子曰以其所

獲書於竹帛傳遺後世子孫也斯自雅量素所畜也豈與文章相妨害哉輒受所惠竊備矇瞍誦詠而已詩曰矇瞍奏工敢望惠施以忝莊氏曹植書曰其言之不慚恃惠子之知我也修言己豈敢望比惠施之德以忝辱於莊周之相知乎莊周喻植也惠施莊周相知者也故引之季緒璅璅何足以云曹植書曰劉季緒好詆訶文章魏志曰劉季緒名脩劉表子官至樂安太守反荅造次不能宣備脩死罪死罪

與魏文帝牋一首

繁休伯文章志曰繁欽字休伯潁川人少以文辯知名以豫州從事稍遷至丞相主簿病卒文帝集序云上西征余守譙繁欽從時薛訪車子能喉囀與笳同音欽牋還與余而盛歎之雖過其實而其文甚麗

正月八日壬寅領主簿繁欽死罪死罪近屢奉牋不足自宣頊諸鼓吹廣求異妓時都尉薛訪車子年始十四左氏傳曰叔孫氏之車子鉏商獲麟能喉囀引聲與笳同音白上呈見果如其言許慎淮南子注曰果成也即日故共觀試乃知天壤之所生誠有自然之妙物也潛氣內轉哀音外激大不抗越細不幽散廣雅曰抗高也聲悲舊笳曲美常均樂汁圖徵曰聖人往承天以立五均均者亦律調五聲之均也宋均曰長八尺施絃也及與黃門鼓吹溫胡迭唱迭和漢書曰鄭聲尤集黃門集樂之所漢書音義如淳曰令樂家五日一習樂爲理樂桓譚新論曰漢之三主內置黃門工倡喉所發音無不響應曲折沈浮尋變入節自初呈試中間二句胡欲傲其所不知尚之以一曲巧竭

意匱既已不能左氏傳韓宣子如楚叔向爲介王欲慠叔向以其所不知而不能也而此孺子遺聲抑揚不可勝窮優遊轉化餘弄未盡曁其清激悲吟雜以怨慕曁及也詠北狄之遐征奏胡馬之長思古詩曰胡馬依北風悽入肝脾哀感頑豔是時日在西隅涼風拂衽說文曰衽衣衿也背山臨谿流泉東逝同坐仰嘆觀者俯聽莫不泫泣殞涕悲懷慷慨自左顛史妠謇姐名倡魏志文帝令杜夔与左顛等於賓客之中吹笙鼓琴然顛与蘋音同也其史妠謇姐蓋亦當時之樂人聲類曰妠奴紺切說文曰嫿字或作姐古字假借也姐子也切能識以來耳目所見僉曰詭異未之聞也李陵与蘇武書曰陵自有識以來士之立操未有如子卿者也說文曰詭變也竊惟聖體兼愛好奇莊子仲尼謂老聃曰兼愛無私也是以因牋先白委曲

伏想御聞必含餘懽與事速訖旋侍光塵寓目階庭與聽斯調左氏傳曰得臣與寓目焉宴喜之樂蓋亦無量詩曰吉甫宴喜欽死罪死罪

荅東阿王牋一首

陳孔璋文章志曰陳琳字孔璋廣陵人也避亂冀州袁紹辟之使典窑事紹死魏太祖辟爲軍謀祭酒典記室病卒

琳死罪死罪昨加恩辱命并示龜賦披覽粲然君侯體高世之才秉青蓱干將之器漢書袁盎諫文帝曰陛下有高世之行三呂氏春秋曰趙襄子遊於圃中至於梁馬却不肯進青蓱爲參乘青蓱進視下豫讓却寢佯爲死人叱青蓱曰去長者且有事青蓱曰少而與子友子今日爲大事而我言之失相與之道子賊吾君而我不言失爲人臣之道如我者

唯死之可也退而自殺青萍豫讓之友也張叔及論曰青萍砥礪於鋒鍔庖丁剖犧於用刀越絶書曰楚令歐冶子干將爲鐵劒二枚吴越春秋曰干將者吴人造劒二枚一曰干將二曰莫邪拂鐘無聲應機立斷說苑曰西閭過東渡河中流而溺船人接而出之問曰子何之過曰欲說東諸侯船人曰子渡河而溺安能說東諸侯乎過曰獨不聞干將莫邪拂鍾不錚試物不知然以之綴屨曾不如兩錢之錐今子持檝乘扁舟子所能也若試與子東說諸侯王見一國之主子之蒙蒙然無異於未視猶也又曰淳于髡三稱鄒忌三知之髡等辭屈而去故所以尚貴於立斷干將莫邪者此乃天然異稟非鑽仰者所庶幾也言天性自然受於異氣也孔安國尚書傳曰稟受也論語顔淵曰仰之彌高鑽之彌堅音義既遠清辭妙句焱絶煥炳說文曰焱火華也盐念切譬猶飛兎流星超山越海龍驤所不敢追況於駑馬可得齊足呂氏春秋曰飛兎驪裹古之駿馬也流星言疾也李尤七嘆曰神奔電驅星流矢鶩則莫若盐野騰駒楚辭曰驢騾偃蹇而齊足夫聽白

雪之音觀綠水之節然後東野巴人蚩鄙益著宋玉諷賦曰臣援琴而鼓之爲幽蘭白雪之曲淮南子曰手會綠水之趨高誘曰綠水古詩也東野下里之音也宋玉對問曰客有歌於郢中者其始曰下里巴人也載懽載笑欲罷不能詩曰既見復關載笑載言論語顏淵曰夫子博我以文約我以禮欲罷不能謹韞櫝玩耽以爲吟頌論語子貢曰有美玉於斯韞櫝而藏諸吟誦謂謳吟歌誦琳死罪死罪

荅魏太子牋一首

魏略曰魏郡大疫故太子與質書質報之

吴季重魏志吴質字季重濟陰人以文才爲文帝所善爲朝歌長官至振威將軍文帝爲太子時重荅此牋也

二月八日庚寅臣質言奉讀手命追亡慮存恩哀之隆形於文墨日月冉冉歲不我與楚辭曰老冉冉而逾施論語陽貨曰歲不我與

昔侍左右厠坐衆賢出有微行之游入有管絃之懽漢書曰武帝微行私出張晏曰騎出入市里若微賤之所爲故曰微行置酒樂飲賦詩稱壽漢書曰陳平厚具樂飲太尉史記曰武安君起爲壽如淳曰上酒謂稱壽也自謂可終始相保並騁材力効節明主何意數年之間死喪略盡臣獨何德以堪久長陳徐劉應才學所著誠如來命惜其不遂可爲痛切凡此數子於雍容侍從實其人也兩都賦序曰雍容揄揚漢書曰嚴助侍燕從容若乃邊境有虞群下鼎沸軍書輻至羽檄交馳於彼諸賢非其任也漢書田延年曰群下鼎沸社稷將傾又息夫躬上䟽曰軍書交馳而輻湊羽檄重積而狎至往者孝武之世文章爲盛若東方朔枚皐之徒不能持論即阮陳之儔也漢書東方朔枚皐不根持論上

頗俳優畜之其唯嚴助壽王與聞政事然皆不慎其身善謀於國卒以敗亡臣竊恥之漢書曰唯嚴助與吾丘壽王見任用後淮南王朝賂遺助竟坐棄市壽王後坐事誅論語曰冉子退朝子曰何晏也對曰有政子曰其事也如有政雖不吾以吾其與聞之至於司馬長卿稱疾避事以著書爲務則徐生庶幾焉漢書司馬相如常稱疾避事又長卿妻曰長卿時時著書人又取去魏文書曰偉長著中論二十餘篇爾雅曰尚庶幾也而今各逝已爲異物矣鵩鳥賦曰化爲異物又何足患後來君子實可畏也魏文書曰後生可畏來者難誣伏惟所天左氏傳箴尹克黃曰君天也何休墨守曰君者臣之天也優游典籍之場休息篇章之圃班固荅賓戲曰婆娑乎藝術之場休息乎篇籍之圃項代曰場圃講藝之處發言抗論窮理盡微周易窮理盡性孔安國尚書傳曰微妙也摛藻下筆鸞龍之文奮矣鸞龍鱗羽之有五彩設以喻焉荅賓戲曰摛藻如春華班固與弟超書曰傅武仲下筆不休雖年

齊蕭王才實百之魏文書曰吾德不及蕭王年与之齊矣東觀漢記曰更始遣使者立光武爲蕭王漢書劉向上疏曰陳湯比於貳師功德百之此衆議所以歸高遠近所以同聲周易曰同聲相應然年歲若墜今質已四十二矣白髮生鬢所慮日深實不復若平日之時也但欲保身勑行不蹈有過之地以爲知己之累耳莊子曰可以保身孔安國尚書傳曰勑正也愼子曰久處無過之地則世俗聽矣遊宴之歡難可再遇盛年一過實不可追臣幸得下愚之才值風雲之會論語子曰唯上智與下愚不移周易曰雲從龍風從虎時邁齒载徒結切尚書曰日月逾邁左氏傳宰孔謂齊侯曰伯舅耋老杜預曰七十曰耋也猶欲觸匈奮首展其割裂之用也不勝慺慺尚書曰慺慺謹敬也以來命備悉故略陳至情質死罪死罪

在元城與魏太子牋一首

吴季重 魏略曰質遷元城令之官過鄴辭太子到縣與太子牋

臣質言前蒙延納侍宴終日 鄭玄禮記注曰延進也 燿靈匿景繼以華燈 楚辭曰角宿未旦耀靈焉藏廣雅曰燿靈日也楚辭曰蘭膏明燭華燈錯 雖虞卿適趙平原入秦受贈千金浮觴旬日無以過也 史記曰虞卿者遊說之士也說趙孝成王一見賜金百鎰再見爲上卿故號爲虞卿又曰秦昭王爲書遺平原君曰寡人聞君之高義願與君爲布衣之交君幸過寡人願與爲十日之飲平原君遂入秦見昭王 小器易盈先取沈頓醒寤之後不識所言 孔安國尚書傳曰沈謂醉冥也頓猶弊也 即以五日到官初至承前未知深淺 言每事承前無所改易也深淺猶善惡也 然觀地形察土宜 左氏傳賓媚人曰先王疆理天下物土之宜 西帶常山連岡平

代漢書有恒山郡張晏曰恒山在西漢書代郡有平邑及代二縣北鄰栢人乃高帝之
所忌也漢書上東擊韓信餘寇東垣還過趙趙相貫高等恥上不禮其王陰謀欲殺上上欲宿心動問
縣名何曰栢人上曰栢人者迫於人也去弗宿重以泜水漸漬疆宇漢書恒山郡元氏縣
有泜水首受中丘西山窮泉谷入黃河泜音脂喟然嘆息思淮陰之奇譎亮成
安之失策漢書成安君陳餘背漢之趙遣張耳與韓信擊破趙井陘斬陳餘泜水上奇譎謂拔趙幟
立漢幟失策謂不用李左車之言也南望邯鄲想廉藺之風廉頗藺相如趙國之賢將
也故想其風邯鄲趙所都也東接鉅鹿存李齊之流漢書文帝問馮唐曰吾居代時
吾尚食監高祛數爲我言趙將李齊之賢戰於鉅鹿下吾每飲食意未嘗不在鉅鹿也都人士女
服習禮教西都賦曰都人士女殊異乎五方皆懷慷慨之節包左車之
計漢書廣武君李左車說成安君曰聞漢將韓信議欲以下趙願假臣奇兵三万人絶其輜重足下深溝高

壘堅壁勿與戰吾奇兵絕其後兩將之首可致戲下成安君不聽也而質闇弱無以莅之毛萇詩傳曰莅臨也若乃邁德種恩樹之風聲尚書咎繇邁種德風聲已見上使農夫逸豫於疆畔女工吟咏於機杼固非質之所能也詩曰爾公爾侯逸豫無期漢書酈食其曰農夫釋耒紅女下機工與紅同毛詩序曰吟咏情性至於奉遵科教班揚明令爾雅曰科條也下無威福之吏邑無豪俠之傑尚書曰臣無有作福作威賦事行刑資於故實國語樊穆仲曰魯侯賦事行刑必問於遺訓而咨於故實抑亦懔懔有庶幾之心孔安國尚書傳曰懔懔危懼皃往者嚴助釋承明之懽受會稽之位壽王去侍從之娛統東郡之任其後皆克復舊職追尋前軌今獨不然不亦異乎漢書曰嚴助爲中大夫上問所欲對曰願爲會稽太守數年賜書制詔會稽太守君猒承明之廬出爲郡

吏久不聞問助恐上書謝願奉三年計最詔許因留侍中又曰吾丘壽王善格五召待詔拜侍中後爲東郡尉復徵入爲光祿大夫侍中張敞在外自謂無奇陳咸憤積思入京城漢書曰張敞爲膠東相與朱邑書曰值敞遠守劇郡馭於繩墨匈臆約結固無奇矣又曰陳咸字子康爲南陽守咸數賂遺陳湯與書曰即蒙子公力得入帝城死不恨矣後竟入爲少府又曰陳湯字子公彼豈虛談夸論誑燿世俗哉斯實薄郡守之榮顯左右之勤也古今一揆先後不貿爾雅曰貿易也焉知來者之不如今論語曰後生可畏焉知來者之不如今聊以當覲不敢多云質死罪死罪

爲鄭沖勸晉王牋一首

阮嗣宗臧榮緒晉書曰鄭沖字文和滎陽人也位至太傅又曰魏帝封晉太祖爲晉公太原等十郡爲邑進位相國備禮九錫太祖讓不受公卿將校皆詣府勸進阮

籍爲其辭魏帝高貴鄉公也太祖晉文帝也

沖等死罪伏見嘉命顯至竊聞明公固讓沖等眷眷實有愚心以爲聖王作制百代同風褒德賞功有自來矣漢書武帝詔曰古者賞有功褒有德左氏傳叔孫曰叔出季處有自來矣昔伊尹有莘氏之媵田證切臣耳一佐成湯遂荷阿衡之號說苑鄒子說梁王曰伊尹有莘之媵臣湯立以爲三公史記曰伊尹欲干湯乃爲有莘媵臣毛詩曰實維阿衡實左右商王毛萇曰阿衡伊尹也周公藉已成之勢據既安之業光宅曲阜奄有龜蒙尚書曰光宅天下又曰魯侯伯禽宅曲阜毛詩曰奄有龜蒙遂荒大東毛萇曰龜山蒙山也呂尚磻溪之漁者一朝指麾乃封營丘尚書中候曰王即迴駕水畔至磻溪之水呂尚釣於崖史記曰西伯以呂尚爲太師武王東伐師尚父左仗黃鉞右秉白旄以誓武王以平商封尚父於齊營丘魏

書荀攸勸進曰昔周公承文武之迹受已成之業呂望暫把旄鉞一時指麾皆大啓土宇跨州兼國自是以來功薄而賞厚者不可勝數東觀漢記曹節上書曰功薄賞厚誠有踧踖也然賢哲之士猶以爲美談公羊傳曰魯人至今以爲美談況自先相國以來丗有明德王隱晉書宣紀曰天子策命上爲相國又景紀曰天子策上爲相國毛詩曰丗有哲王尚書曰明德惟馨翼輔魏室以綏天下朝無闕政民無謗言南都賦曰朝無闕政風烈昭宣左氏傳曰晉悼公即位民無謗言所以復霸也前者明公西征靈州北臨沙漠榆中以西望風震服羌戎東馳迴首內向王隱晉書文紀曰姜維出隴右上帥輕兵到靈州大破之諸羌震服漢北地郡有靈州縣金城郡有榆中縣李陵書曰遠聽之臣望風馳命爾雅曰震懼也長楊賦曰麾節西征羌僰東馳封禪文曰昆虫闓澤回首面內劇秦美新曰回首內鄉喁喁如也東誅叛逆全軍獨尅禽闔閭之將

斬輕銳之卒以萬萬計威加南海名懾之涉切三越王隱晉書文紀曰諸葛誕反上親臨西園四面並攻須臾陷潰斬送誕首魏志曰誕閉城自守遣小子靚至吳請救吳遣唐咨王祚來應誕及斬誕唐咨王祚皆降吳兵萬衆器仗軍實山積孫子兵法曰用兵之法全軍爲上破軍次之闔閭吳王也以比孫權爾雅曰慴懼也郭璞曰即懾字也漢書有三越謂吳越及南越閩越也宇内康寧苛慝不作過秦論曰包舉宇内尚書五福三曰康寧左氏傳晉叔向曰有楚國者其弃疾乎君居陳蔡苛慝不作盜賊伏隱也是以殊俗畏威東夷獻舞范曄後漢書曰東夷自少康以後世服王化獻其樂舞故聖上覽乃昔以來禮典舊章開國光宅顯兹太原毛詩曰率由舊章周易曰大君有命開國承家明公宜承聖旨受兹介福允當天人易曰受兹介福以中正也左氏傳楚子曰軍志云允當則歸元功盛勳光光如彼國土嘉祚巍巍如此内外協同靡愆

靡違由斯征伐則可朝服濟江掃除吳會國語曰齊教大成定三革隱五刃朝服以濟河而無怵惕焉文事勝矣西塞江源望祀岷山漢書曰江水祀蜀塞特牲亦牛犢塞謂報神恩也禮記曰東廵狩望祀山川漢書曰秦并天下令祠官祠瀆山瀆山蜀之岷山也迴戈弭節以麾天下長楊賦曰迴戈聊指南越相夷靡節西征羌僰東馳令以靡爲弭誤也遠無不服邇無不肅國語祭公謀父曰近無不聽遠無不服今大魏之德光于唐虞明公盛勳超於桓文然後臨滄洲而謝支伯登箕山而揖許由豈不盛乎莊子曰舜讓天下於子州支伯子州支伯曰予有幽憂之病方且治之未暇治天下支或爲交呂氏春秋曰昔堯朝許由於沛澤之中請屬天下於夫子許由遂之箕山之下至公至平誰與爲鄰仲長子昌言曰人主臨之以至公莊子魯侯曰其道幽遠而無人吾誰與之爲鄰何必勤勤小讓也哉沖等不通大體敢

以陳聞

拜中軍記室辭隋王牋一首

謝玄暉蕭子顯齊書曰謝朓爲隋王子隆府文學世祖勑朓可還都遷新安王中軍記室牋辭子隆世祖武皇帝

故吏文學謝朓死罪死罪即日被尚書召以朓補中軍新安王記室參軍朓聞潢汙之水願朝宗而每竭左氏傳曰潢汙行潦之水尚書曰江漢朝宗于海鴑蹇之乘希沃若而中疲班固王命論曰駑蹇之乘不騁千里之塗王逸楚辭注曰蹇跛也法言曰希驥之馬亦驥之乘也李軌曰希望也詩曰我馬維駱六轡沃若沃若調柔也何則皐壤搖落對之惆悵莊子仲尼謂顏回曰山林與皐壤與使我欣欣而樂樂未畢也哀又繼之楚辭曰草木搖落而變衰又曰惆悵兮私自憐歧路西東

或以歍唈烏合切淮南子曰楊子見歧路而哭之爲其可以南可以北又曰雍門周見於孟嘗孟嘗君爲之嗚唈流涕歍與嗚同況廼服義徒擁歸志莫從言盜服義之情也楚辭曰身服義而未沫鄭玄儀禮注曰擁抱也孟子曰予浩然有歸志曹植應詔詩曰朝覲莫從邈若墜雨翩似秋蔕潘岳楊氏七哀詩曰漼如葉落樹邈然雨絕天論衡曰雲散水墜成爲雨矣郭璞遊仙詩曰在世無千月命如秋葉蔕朓實庸流行能無筭鄭玄論語注曰筭數也屬天地休明山川受納天地喻帝山川喻王左氏傳王孫滿曰德之休明又伯宗曰川澤納汙山藪藏疾褒采一介抽揚小善尚書秦穆公曰如有一介臣周書陰符太公曰好用小善不得眞賢也蔡邕玄表賦曰庶小善之有益故捨耒場圃奉筆兎園詩曰九月築場圃西京雜記曰梁孝王好宮室苑圃之樂築兎園也東亂三江西浮七澤言常從子隆也蕭子顯齊書曰隋王子隆爲東中郎將會稽太守後遷西將軍荆州刺史三江越境也七澤楚境也孔安國尚書傳曰正絕流曰亂

尚書曰三江既入震澤厎定楚辭曰過夏首而西浮子虛賦曰臣聞楚有七澤羿闊戎旂從容讌語毛詩曰死生羿闊周禮九旗通帛曰旃劉向七言曰讌處從容觀詩書毛詩曰燕笑語兮是以有譽處兮長裾曳後乘載脂鄒陽上書曰何王之門不可曳長裾乎魏文帝與吳質書曰文學託乘於後車毛詩曰載脂載舝還車言邁榮立府庭恩加顏色曹植豔歌行曰長者賜顏色沐髮晞陽未測涯涘楚辭曰朝濯髮於湯谷兮夕晞余身乎九陽撫臆論報早誓肌骨演連珠曰撫臆論心陳思王責躬表曰抱釁歸藩刻肌刻骨不悟滄溟未運波臣自蕩莊子曰鯤化而爲鳥其名曰鵬海運則將徙於南溟司馬彪曰轉運也又曰莊周謂監河侯曰周顧視車轍中有鮒魚焉曰我東海之波臣也君豈有升斗之水而活我哉渤澥方春旅翮先謝滄溟渤澥皆以喻王波臣旅翮皆自喻也解嘲曰若江湖之魚渤澥之鳥清切藩房寂寥舊蓽藩房王府舊蓽眺舍也劉楨贈徐幹詩曰拘限清切禁中情無由宣

左氏傳曰華門圭竇之人皆陵其上**輕舟反溯弔影獨留**言舟反而己留也洛神賦曰浮輕舟而上溯曹子建責躬表曰形影相弔五情愧赧**白雲在天龍門不見**穆天子傳西王母爲天子謠曰白雲在天山陵自出道路悠遠山川閒之將子無死尚能復來楚辭曰過夏首而西浮顧龍門而不見王逸曰龍門楚東門也**去德滋永思德滋深**莊子徐無鬼謂女商曰子不聞夫越之流人乎去國數日見其所知而喜去國旬月見所常見於國中而喜及朞年也見似人者而喜矣不亦去人滋久者思人滋深乎**唯待青江可望候歸艎於春渚**冀王入朝而己候於江渚也杜預左氏傳注曰艅艎舟名也**朱邸方開効蓬心於秋實**史記曰諸侯朝天子於天子之所立舍曰邸諸侯朱户故曰朱邸莊子謂惠子曰夫子拙於用大則夫子猶蓬之心也夫韓詩外傳簡王曰夫春樹桃李秋得食其實也**如其簪履或存衽席無改**韓詩外傳曰少原之野婦人刈蓍薪而失簪哭甚哀賈子曰楚昭王亡其踦屨巳行三十步復還取之左右曰何惜此王曰

吾悲與之俱出不俱反自是楚國無相弃者韓子曰文公至河命席褥捐之咎犯聞之曰席褥所卧也而君弃之臣不勝其哀鄭玄周禮注曰衽席乃單席也雖復身填溝壑猶望妻子知歸列女傳梁高行曰妾夫不幸早死先狗馬填溝壑東觀漢記張湛謂朱暉曰願以妻子託朱生攬涕告辭悲來橫集楚辭曰思美人兮攬涕而竚眙又曰涕橫集而成行漢書中山靖王曰不知涕泣之橫集不任犬馬之誠史記丞相青翟曰臣不勝犬馬心

到大司馬記室牋一首

任彥昇劉璠梁典曰宣德太后以公爲大司馬録尚書事以任昉爲記室用舊也

記室參軍事任昉死罪死罪伏承以今月令辰肅膺典策劉歆甘泉賦曰擇吉日之令辰德顯功高光副四海東觀漢記明帝册曰剖符封侯或以德顯朱浮與彭寵書曰伯通自伐以爲功高天下含生之倫庇身有地曹植對酒

行曰含生蒙澤草木茂延左氏傳子反曰信以守禮禮以庇身況昉受教君子將二十年魏文帝令曰況吾託士人之末列曾受教君子哉咳苦改切唾爲恩眄睞成飾莊子孔子謂漁父曰丘幸聞咳唾之音古詩曰眄睞以適意小人懷惠顧知死所論語子曰小人懷惠左氏傳其友謂狼瞫曰盍死瞫曰吾未獲死所昔承嘉宴屬有緒言提挈苦結切之旨形乎善謔豈謂多幸斯言不渝梁史曰始高祖遇昉於竟陵王西邸從容謂昉曰我登三府當以卿爲記室昉亦戲高祖曰我若登三事當以卿爲騎兵高祖善騎射也至是故引昉符昔言也莊子孔子謂漁父曰曩者先生有緒言而去漢書廝養卒曰兩人左提右挈滅燕易矣詩曰善戲謔兮漢書衛青曰臣幸得待罪行閒左氏傳羊舌職曰民之多幸國之不幸詩曰寔命不渝毛萇曰渝變也雖情謬先覺而迹淪驕餌知梁武之必貴爲謬先覺也猶仕齊邦是淪驕餌也論語子曰抑亦先覺者是賢乎漢書桓生欲借書班嗣報曰不絓聖人之網不齅驕君之餌也湯

沐具而非弔大厦構而相賀淮南子曰湯沐具而蟣蝨相弔大厦成而燕雀相賀憂樂別也明公道冠二儀勳超遂古易曰易有太極是生兩儀楚辭曰遂古之初誰傳道也將使伊周奉轡桓文扶轂上林賦曰孫叔奉轡羽獵賦曰齊桓曾不足使扶轂神功無紀作物何稱言聖德幽玄同夫二者既無功而可紀亦何名而可稱莊子曰神人無功聖人無名司馬彪曰神人無功言脩自然不立功也聖人無名不立名也莊子曰造物者爲人司馬彪曰造物謂道也府朝初建俊賢翹首阮籍奏記曰羣英翹首俊賢抗足惟此魚目唐突璵璠魚目似珠璵璠魯王也雜書曰秦失金鏡魚目入珠韓詩外傳曰白骨類象魚目似珠左氏傳曰季平子卒陽虎將以璵璠斂孔融汝潁優劣論陳羣曰潁有蕪菁唐突人參也顧己循涯寔知塵忝千載一逢再造難荅東觀漢記太史官曰耿況千載而一遇者也易曰天造草昧言王者之恩同於上帝故云再造也雖則殞越且知非報左氏傳齊侯曰小白恐隕越于下毛

詩曰匪報也永以爲好也不勝荷戴屏營之情國語申胥曰昔楚靈王獨行屏營謹

詣廳奉白牋謝聞昉死罪死罪

百辟勸進今上牋一首

任彦昇何之元梁典曰高祖武皇帝諱衍字叔達姓蕭氏本蘭陵郡縣中都里人也劉璠梁典曰帝詔授公梁公加公九錫公辭於是左長史王瑩等勸進公猶謙讓未之許瑩等又牋並任昉之辭也帝謂賓融也史記曰司馬遷自序作今上本紀然遷以漢武見在故云今上也

近以朝命蘊策冒奏丹誠方言曰蘊崇也謂尊崇而加策命也蘊與韞同奉被還命未蒙虛受易曰君子以虛受人搢紳顒顒深所未達司馬相如封禪書曰因雜搢紳先生之略術李奇曰搢插笏於紳紳大帶薛君韓詩章句曰萬人顒顒仰天告愬論語子曰丘未

達也蓋聞受金於府通人之引致呂氏春秋曰魯國之法魯人爲人臣妾於諸侯有能贖之者取其金於府子貢贖魯人於諸侯來而辭不取其金孔子曰賜失之矣自今以往魯人不贖人矣鄭玄禮記注曰致之言至也高蹈海隅匹夫之小節莊子曰舜以天下讓其友石戶之農石戶之農以舜之德爲未至於是夫負妻戴攜子以入于海終身不反魏書荀攸勸進曰信匹夫細行攸等所大懼是以履乘石而周公不以爲疑尸子曰昔者武王崩成王少周公旦踐東宮履乘石假爲天子七年周禮曰王行先乘石鄭司農曰乘石王所登上車之石也公不以爲讓尚書中候曰王即田雞水畔至磻溪之水呂尚釣於崖王下拜曰切望公七年乃今見光景于斯增玉璜而太尚立變名荅曰望釣得玉璜刻曰姬受命呂佐旌德合昌來提撰尔雒鈐報在齊宋均曰旌理也況世哲繼軌先德在民毛詩曰世有哲王晉中興書曰王綏八世德名繼軌左氏傳晉士鞅謂秦伯曰欒武子之德在人如周人思召公焉經綸草昧嘆深微管易曰雲雷屯君子以經綸

又曰天造草昧論語子曰管仲相桓公霸諸侯一匡天下民到于今受其賜微管仲吾其被髮左衽矣

加以朱方之役荆河是依劉璠梁典曰蕭順之生高帝及兄懿懿爲豫州刺史鎮歷陽護軍將軍崔慧景反破左輿衆十萬於鍾山宫城拒守豫州聞難投袂而起戰於越城破慧景走追斬之除侍中遷尚書令左氏傳曰冬吳伐楚以報朱方之役杜預曰朱方吳邑也尚書禹貢曰荆河惟豫州

班師振旅大造王室尚書曰班師振旅孔安國曰班還也兵入曰振旅言整衆也左氏傳呂相曰我有大造于西

雖累繭救宋重胝存楚說文曰黬黑皺也古典切戰國策曰公輸般爲楚設機械將以攻宋墨子聞之百舍重繭往見公輸般輸般服焉請見之王王曰善哉請無攻宋高誘曰公輸般魯班之子百舍百里一舍也重繭累胝也淮南子曰申包胥累繭重胝七日七夜至于秦庭以見秦王曰使下臣告急秦王乃發軍擊吳果大破之以存楚胝竹尼切

居今觀古曾何足云而惑甚盜鍾功疑不賞呂氏春秋曰范氏亡有得其鍾者欲負而走則大鍾不可負以椎毀之鍾怳然有音恐人聞之而奪

己遽掩其耳惡聞其過亦由此也漢書蒯通謂韓信曰臣聞勇略震主者身危功盖天下者不賞皇天后土不勝其酷左氏傳晉大夫謂秦伯曰君履后土而戴皇天是以玉馬駿犇表微子之去金版出地告龍逄之怨劉璠梁典曰東昬荒淫歸政閹豎尚書令懿於中書省飲鴆薨論語比考讖曰舠惑女妲己玉馬走宋均曰女妲己有美色也玉馬喻賢臣奔去也論語陰嬉讖曰庚子之旦金版尅書出地庭中曰臣族虐王禽宋均曰謂殺関龍之後庚子旦庭中地有此版異也龍同姓稱族王虐殺我必見禽也明公據鞍輟哭厲三軍之志獨居掩涕激義士之心劉璠梁典曰高祖告難於荊州行事蕭穎胄建牙陳伐吴志曰孫策亡權悲感未視事張昭謂權曰方今天下鼎沸何得寢伏哀戚乃扶上馬陳兵而出范曄後漢書曰馬援據鞍顧眄三國名臣頌曰輟哭止哀東觀漢記曰光武兄齊武王以譖遇害上獨居不御酒肉坐卧枕席有涕泣處晉中興書劉肴謂邵續曰莫若亢大順以激義士之心奉忠正以厲軍民之志故能使海若登祇

罄圖效祉楚辭曰使湘靈鼓瑟兮令海若舞馮夷王逸曰海若海神名也管子曰登山之神有俞兒者長尺人物具焉霸王之君與登山之神見且走馬前走導也爾雅曰罄盡也山戎孤竹束馬景從漢書郊祀志曰齊桓公曰寡人北伐山戎過孤竹東馬懸車上辟耳之山東都賦曰天官景從伐罪弔民一匡靖亂尚書曰奉辭伐罪孟子曰湯始征自葛誅其君弔其民論語子曰管仲相桓公一匡天下左氏傳宰孔謂晉侯曰君務靖亂無勤於行匪叨天功實勤濡足左氏傳介之推曰竊人之財猶謂之盜況貪天功以爲己力韓詩外傳曰申徒狄非其世將自投於河崔嘉聞而止之曰聖人仁人民之父母今爲濡足故不救人可乎且明公本自諸生取樂名教鍾離意別傳曰嚴遵與光武皇帝俱爲諸生道風素論坐鎮樂廣曰名教中自有樂地何爲乃爾雅俗王隱晉書劉琨表曰李術以素論門望不可與樵采同日也孫綽子曰或問雅俗曰涇渭分流雅鄭異調不習孫吳遘茲神武曹植上䟽曰不取孫吳而闇與之會周易曰古之聰明睿智神

武而不殺者夫驅盡誅之氓濟必封之俗史記周公曰後嗣王紂其民皆可誅尚書大傳曰周民可比屋而封也孔安國尚書傳曰濟成也王充論衡曰堯舜之民比屋可封桀紂之民比屋可誅也龜玉不毀誰之功歟論語曰季氏將伐顓臾冉有季路見於孔子孔子曰虎兕出於柙龜玉毀於櫝中是誰之過歟獨爲君子將使伊周何地謝承後漢書王暢誅劉表曰蘧伯恥獨爲君子何地謂何地自處也其等不達通變實有愚誠周易曰通其變使民不倦不任悾款悉心重謁論語注曰悾悾誠愨也廣雅曰款誠也伏願時膺典册式副民望左氏傳師曠謂晉侯曰夫君神之主而民之望也

奏記

詣蔣公一首

阮嗣宗臧榮緒晉書曰太尉蔣濟聞籍有才雋而辟之籍詣都亭奏記初濟恐籍不至得記欣然

遣卒迎之而籍已去濟大怒於是鄉親共喻之籍乃就吏後謝病歸復爲尚書郎籍本有濟世志屬魏晉之際天下多故遂酣飲爲常文帝初欲爲武帝求婚於籍籍醉六十日不得言而已

籍死罪死罪伏惟明公以含一之德據上台之位尚書曰伊尹作咸有一德泰階六符經曰中階上星謂諸侯三公漢書音義曰泰階三台群英翹首俊賢抗足易通卦驗曰萬人聞鷄鳴皆翹首開府之日人人自以爲掾屬辟書始下下走爲首辟猶召也司馬遷書曰太史公牛馬走應劭漢書注曰走僕也子夏處西河之上而文侯擁篲史記曰卜商字子夏禮記曾子謂子夏曰事夫子於洙泗之間退而老於西河之上呂氏春秋白圭曰魏文侯師子夏李奇漢書注曰擁篲爲恭也如今卒持篲也鄒子居黍谷之陰而昭王陪乘劉向別録曰鄒衍在燕有谷寒不生五穀鄒子吹律而温生黍七略曰方士傳言鄒子在燕其遊諸侯畏之皆郊迎而擁篲鄭玄周禮注曰陪乘參乘也夫布衣窮居韋帶之士王公大人所以屈體而下之者爲道

存也鄒陽上書曰布衣窮居之士身在貧賤說苑唐且謂秦王曰大王常聞布衣韋帶之士怒乎呂氏春秋曰王公大人從而化之此得之於學也莊子曰若夫人者目擊而道存焉籍無鄒卜之德而有其陋猥見採擢無以稱當方將耕於東皐之陽輸黍稷之稅以避當塗者之路漢書武帝制曰守文之君當塗之士欲則先王之法以翼戴其世主者甚衆也負薪疲病足力不強孟子曰孟子有疾王使人問疾孟仲子對曰昔者有王命有負薪之憂不能造朝列子曰非足力之所及也補吏之召非所克堪乞迴謬恩以光清舉

文選卷第四十

賜進士出身通奉大夫江南蘇松常鎭太等處承宣布政使司布政使胡克家重校刊

傳古樓景印